中华国学经典必读书系

民间故事

余志慧 编写

时代出版传媒股份有限公司
安徽少年儿童出版社

图书在版编目（CIP）数据

民间故事 / 余志慧编写. — 合肥：安徽少年儿童出版社，2016.4（2022.1重印）
（中华国学经典必读书系）
ISBN 978-7-5397-7209-7

Ⅰ.①民… Ⅱ.①余… Ⅲ.①民间故事－作品集－中国 Ⅳ.①I277.3

中国版本图书馆CIP数据核字（2014）第284298号

ZHONGHUA GUOXUE JINGDIAN BIDU SHUXI MINJIAN GUSHI
中华国学经典必读书系 · 民间故事 余志慧/编写

出版人：张 堃		责任编辑：张春艳 黄 馨
图文制作：新视线文化	责任印制：郭 玲	特约校对：李清梅

出版发行 时代出版传媒股份有限公司 http://www.press-mart.com
安徽少年儿童出版社 E-mail:ahse1984@163.com
新浪官方微博 http://weibo.com/ahsecbs
（安徽省合肥市翡翠路1118号出版传媒广场 邮政编码：230071）
出版部电话：（0551）63533536（办公室） 63533533（传真）
（如发现印装质量问题，影响阅读，请与本社出版部联系调换）

印　　制 合肥杏花印务股份有限公司
开　　本 635 mm × 900 mm　　　　1/16　　　　印张：15
版　　次 2016年4月第1版　　　　2022年1月第10次印刷
ISBN 978-7-5397-7209-7　　　　　　　　　　　定价：35.00元

版权所有，侵权必究

目 录

· 民间故事 ·

牛郎织女 …………………………………… 1

梁山伯与祝英台 …………………………… 4

白蛇传 ……………………………………… 6

孟姜女 ……………………………………… 13

木兰从军 …………………………………… 17

聪明的阿凡提 ……………………………… 20

郑板桥的故事 ……………………………… 29

唐伯虎的传说 ……………………………… 31

过年的来历 ………………………………… 36

清不过包拯 ………………………………… 38

吴道子的传说 ……………………………… 41

王昭君的传说 ……………………………… 43

丝路传说 …………………………………… 52

张飞卖肉	56
柳毅传书	58
苟杳与吕洞宾	74
宝莲灯	81
巧儿姑娘	87
莲花女	91
荷花仙女	96
百花仙子	101
蛇郎	106
黄鹤楼的传说	115
干将和莫邪	118
真武修仙	121
月老	126
灶王爷	130
百鸟朝会	132
幸福鸟	134
懂兽语的海力布	137
葫芦笙	139

·民间故事·

望夫石	143
夜明珠	158
长寿花	165
花边姐姐	172
召树屯和兰吾罗娜	176
神女峰	182
蝴蝶泉	189
日月潭	195
五月端阳	206
重阳登高	212
泼水节	215
火把节	217
腊八粥	220
叫花鸡	222
杏婵	225
狐狸报恩	230

牛郎织女

很久以前,天上有个叫织女的仙女,她是王母娘娘的孙女。织女擅长织布,织出来的布漂亮极了,布飞到天上便成了绚丽的彩霞。

人间有个叫牛郎的青年,他天天耕田种地。他田里的谷穗大,谷粒满,像金子似的。

一天,织女和几位仙女一起下凡到河边嬉戏。牛郎在老牛的帮助下认识了织女,两人互生情意,后来织女便偷偷下凡和牛郎成了亲。夫妻二人过着男耕女织的生活。虽说日子苦些,可小两口恩恩爱爱、甜甜蜜蜜,日子再苦也觉得幸福。后来,织女为牛郎生了两个孩子,一个男娃,一个女娃,都长得非常可爱。男娃和女娃很爱骑着老牛,跟爹爹下地去。爹爹忙着耕地,他们就自个儿在旁边玩儿。回家后,等娘织完布,他们就靠在娘的怀里听故事。

不久,王母娘娘就知道了这件事。她非常生气,就派了一个天神,要他把织女接回来,不许她跟牛郎在一起。

织女怎么舍得离开孩子,孩子又怎么舍得离开母亲呢?可

是王母娘娘的话又不能不听。瞧，好好的一家人硬被活生生地拆散了。

天神逼着织女走了，牛郎和两个孩子紧追不舍。天神带着织女往天上飞去，牛郎和两个孩子可没这个本事，只能眼睁睁地看着织女越飞越远。

"娘，娘，我要娘……"女娃哭得伤心极了。

"娘，回来呀，快回来呀……"男娃也哭得伤心极了。

牛郎抱起两个孩子，也痛哭起来。

就在此时，老牛忽然张嘴说话了："牛郎，牛郎，我快要死了。我死了以后，你就把我的皮披在身上，飞到天上去见织女吧，可怜的孩子也能见到亲娘了。"

老牛说完，缓缓地闭上眼睛，死了。

第二天，牛郎就把两个孩子安放在两只箩筐里。牛郎拿起扁担一挑，男娃的一头重，女娃的一头轻，这样不好挑，他就叫女娃拿着水瓢，两头轻重就一样了。牛郎披上老牛的皮，挑起两只箩筐，像驾着一阵风似的，呼呼呼呼地往天上飞，飞呀飞呀，一直飞到银河边。啊，织女就站在对岸，脸上挂着泪珠，眼睛都哭肿了。

"孩子，我的孩子……"

"娘，娘……"

看到这个情形，牛郎难受极了。他抱起两个孩子，准备蹚河过去。忽然王母娘娘伸出一只手来，拿着一支簪子，朝着银河一划，顿时狂风骤起，大浪滚滚翻腾起来。哗啦、哗啦，大浪好像一匹匹脱缰的野马，朝着河岸奔腾而来。过了很久，风停了，浪静了。可是浅浅的银河，现在变得很深很深，谁也蹚不过去了。

女娃看见手里的水瓢，叫了起来："爹爹，快拿水瓢把河水舀干，我们就能过河，和娘在一起了。"

男娃说："爹爹，我和妹妹跟你一起舀河水。"

牛郎接过水瓢，走向河边，俯下身子舀起河水来。舀呀舀，舀了一瓢又一瓢。男娃看见爹爹累了，接着舀几瓢，女娃看见哥哥累了，也接着舀几瓢。就这样，他们不知舀了多少瓢。

王母娘娘没料到牛郎竟然想把银河舀干，只好答应牛郎和织女每年见一次面。于是在每年农历七月初七这天晚上，王母娘娘为他们叫来一大群喜鹊，在银河上架起一座桥，让牛郎织女在鹊桥上相见。

就这样，每年农历七月初七，男女朋友都会相聚在一起，诉说爱意，互表衷肠。每年这天，天空常常会落下滴滴雨珠，听说这是织女因想念孩子流下的。

梁山伯与祝英台

祝英台是女儿身,她天生美丽聪明。为了求学,她不惜女扮男装远去他乡。说来也巧,与她一起学习的有这么一位厚道、老实的后生,名叫梁山伯。两人同处一室,朝夕相处、感情颇深。不知不觉三年的学习生活已接近尾声。一起生活了这么久,梁山伯居然没发现祝英台是个女子。

祝英台的父亲给她定了一门亲事,要她回家成亲。而祝英台却早已喜欢上梁山伯,不愿嫁给别人。临走的时候,祝英台终于跟梁山伯说出了自己是个女子的秘密,并且让梁山伯到她家里找她父亲提亲。

没想到,祝英台的父亲是个贪图富贵的人,他嫌弃梁山伯是个穷书生,于是不同意把女儿嫁给他。临走时,他还把梁山伯羞辱了一番。

见不到祝英台,梁山伯回到家里急得茶不思饭不想,没几天就病死了。

祝英台听说后,哭了整整三天三夜。第四天,她对父亲说:"我可以嫁给马文才,但是轿子要从梁山伯的坟前经过,我要去祭奠祭奠他。"
父亲同意了。

出嫁那天，花轿在梁山伯的墓前停下了，祝英台冲出花轿，跪倒在梁山伯墓前放声大哭。突然狂风骤起，天色昏暗，暴雨瞬息而至。电闪雷鸣中，哗啦一声，梁山伯的墓被雷劈开了。祝英台毫不犹豫地跳到了墓里，墓马上又合上了。

雨停了，从墓中飞出了一对美丽的蝴蝶。它们振翅高飞，越飞越高，飞到人们看不到的地方去了。乡亲们都说那两只蝴蝶是梁山伯和祝英台变的。

白　蛇　传

　　相传在四川峨眉山的山洞里，住着两条蛇，一条白蛇一条青蛇。白蛇有千年道行，青蛇则修炼了八百年。她俩虽说是妖精，却从来不伤害人畜。

　　一天，白蛇和青蛇想出去看看市井的繁华热闹，于是瞒着师父黎山老母下了山。来到山下，她们便变成两位美丽的姑娘，一个叫白素贞，一个叫小青。二人以姐妹相称，来到杭州游玩。

　　两人正在西湖断桥边看荷花。忽然间乌云密布，电闪雷鸣，眼看一场倾盆大雨就要来临。白素贞和小青既没带伞，又不能在众人眼皮底下变化成蛇。姐妹俩正着急，这时一位老实的后生走上来说："两位小娘子用我的伞吧。"二人感谢不尽，并约好明天到其府上还伞。

　　第二天，白素贞和小青按后生留下的地址找到了钱塘门。到了那里，才知后生姓许名仙，父母双亡，寄住在姐姐家。他现在在一家药店当伙计。

　　白素贞见许仙忠厚老实，心地善良，有意和他结为夫妇。

许仙打心眼里高兴，于是便由小青撮合，二人结为连理。

许仙成家后搬出姐姐家，和白素贞在西湖边开了一家药店。

由于许仙人缘好，手脚勤快，白素贞神通广大，什么草药都找得到，于是他们的药铺生意越来越红火。大家都称白素贞为白娘子。

一天，许仙正在药铺做生意，门外进来一个化缘的和尚。

那和尚一见许仙，忙道："阿弥陀佛，贫僧是镇江金山寺的住持法海。今见施主面带妖气，想必家中定有妖怪！"

许仙听后大吃一惊，说："家中只有妻子和一个丫环，哪有妖怪呢？"

"既然如此，"法海道，"可能你的妻子就是妖怪。你先不要声张，等端午节时引她喝下一杯雄黄酒，一切便知。日后有事，可到金山寺找老衲。"

端午节到了，许仙劝白娘子喝下一口雄黄酒。顿时，白娘子感觉眼前发黑，头昏眼花，忙叫小青扶她回房休息。过了一会儿，许仙见白娘子没任何反应，便进房掀帐看看。只见一条水桶粗的白蛇横在床上，浑身冒着酒气。许仙当场吓得"哎呀"一声，仰面跌倒在地，一命呜呼。

许仙的惊叫声唤醒了白蛇。她道行深，所以马上又能变成人形。

看见许仙吓死了，白娘子慌了手脚，手忙脚乱地和小青一起把许仙抬上床。白娘子说："妹妹，我只有上趟灵山去盗灵

芝仙草,才能救活官人。"小青忙拦道:"姐姐,你现在有孕在身,这一去必是凶多吉少!"

"顾不了那么多了。我去了!"说罢,白娘子腾云驾雾,直奔灵山。

守护灵芝仙草的灵山鹿兄鹤弟不是省油的灯。他俩仗剑拦住已盗得仙草的白娘子。接着,三人厮杀在一处。白娘子无心再战,只希望尽快脱身离去,加上自己已有身孕,功力大不如前。斗了几十个回合,她早已面红心跳,披头散发。但为了救丈夫的命,她还是咬牙苦斗。

"住手!"随着一声断喝,只见山主南极仙翁缓缓地走上前来。

白娘子自知理亏,赶忙上前拜见。南极仙翁一声长叹:"你尘缘未了,该有此劫。快快去吧。"白娘子大喜,拜了三拜,一阵风似的赶回家中。

许仙吃了灵芝仙草,不一会儿,就慢慢睁开眼睛。白娘子长吁一口气。许仙一睁眼看见白娘子,吃惊地喊道:"你,你……"白娘子连忙安慰道:"官人,刚才你看见的白蛇已被我杀死了。我扶你去看看。"许仙看见一条水桶粗的白蛇被杀死在院里,将信将疑。这天,他借口要到镇江金山寺还愿,一个人动身找法海去了。

法海一见许仙便说:"施主,你脸上的妖气更重了。"许仙十分疑惑:"可我的妻子和常人并没什么两样啊!"法海道:

"那是她道行深的原因。施主放心，不出一个月，老僧定会将她捉住，镇在宝塔下面，叫她永远不能再害人。"

许仙一听这话，想起妻子的万般好处，平时对自己温柔体贴，忙说："老法师，谢谢你的好意。不管你怎么说，我都不相信我妻子是妖怪。今后我们夫妻俩的事，不必你烦心了。"说着便要离开。法海随即让徒弟拦住许仙，说："施主现在不能走，否则会越陷越深。"法海硬把许仙留在了金山寺。

几天过去了，白娘子见丈夫还没回家，心中十分不安，便和小青一起上镇江金山寺寻许仙。法海手持金钵，拦住二人道："大胆妖怪，竟敢找上门来。真是些不知死活的家伙。"

听了这话，小青圆睁双眼喝道："老和尚，快把我姐夫放出来，否则踏平你这金山寺！"法海一听火冒三丈，大红袈裟一飘，舞动禅杖和小青斗在一起。

白娘子因道行不及法海，又有孕在身，忙拔下金钗，迎风一晃，转眼间滔滔江水汹涌而来，把金山寺团团围住。一群虾兵蟹将舞刀弄棒，杀上金山寺。

法海大吃一惊，慌忙脱下袈裟，向空中一甩，罩住了金山寺。结果洪水每涨高一尺，金山寺就升高一尺，总是淹不掉金山寺。双方相持好几个时辰，最后白娘子只好退掉洪水，返回杭州。

白娘子水漫金山，许仙终于明白妻子并非人类。说来奇怪，许仙这时反倒更爱妻子了，他觉得妻子比许多人更可爱、更温柔善良。

一天，他乘法海不注意，偷偷跑出金山寺，赶回杭州。白娘子不在家，于是他赶到他们第一次见面的断桥。在那儿，他看见白娘子和小青正坐在一条船上。

小青一见许仙，劈头就问："你还有脸来？你怎么不带那老和尚一道来捉我们？"白娘子也说："你我夫妻一场，你总知道我的为人。"说着说着，眼泪忍不住流了下来。

许仙非常难受，诚恳地说："娘子，是我一时糊涂。我对不起你。"心结打开了，也就没事了。三人一同回到家中。

几个月后，白娘子生下一个白白胖胖的儿子，全家都高兴得合不拢嘴。

满月这天，许仙正高高兴兴地办宴席，不料法海又手持金钵上门来了。

许仙忙说："老法师，我妻子到底是人是妖，是好是坏，我比谁都清楚。但我很爱她，她也很爱我，请你不要再管我们夫妻的事情。"

法海道："阿弥陀佛，施主。不管她如何变化，她总是蛇精，是蛇精就一定会害人。老僧这是为你好。"说着，他便闯进门来，悬起金钵，对准白娘子罩下去。

白娘子刚生产完，身体虚弱，无力反抗。小青正要冲过来与法海拼命，白娘子急忙喊："小青快逃！他不敢杀我。你练好本领再来救姐姐。快走！"金钵罩住了白娘子，法海把她压到西湖边的雷峰塔下，自己也在西湖边的净慈寺住了下来。

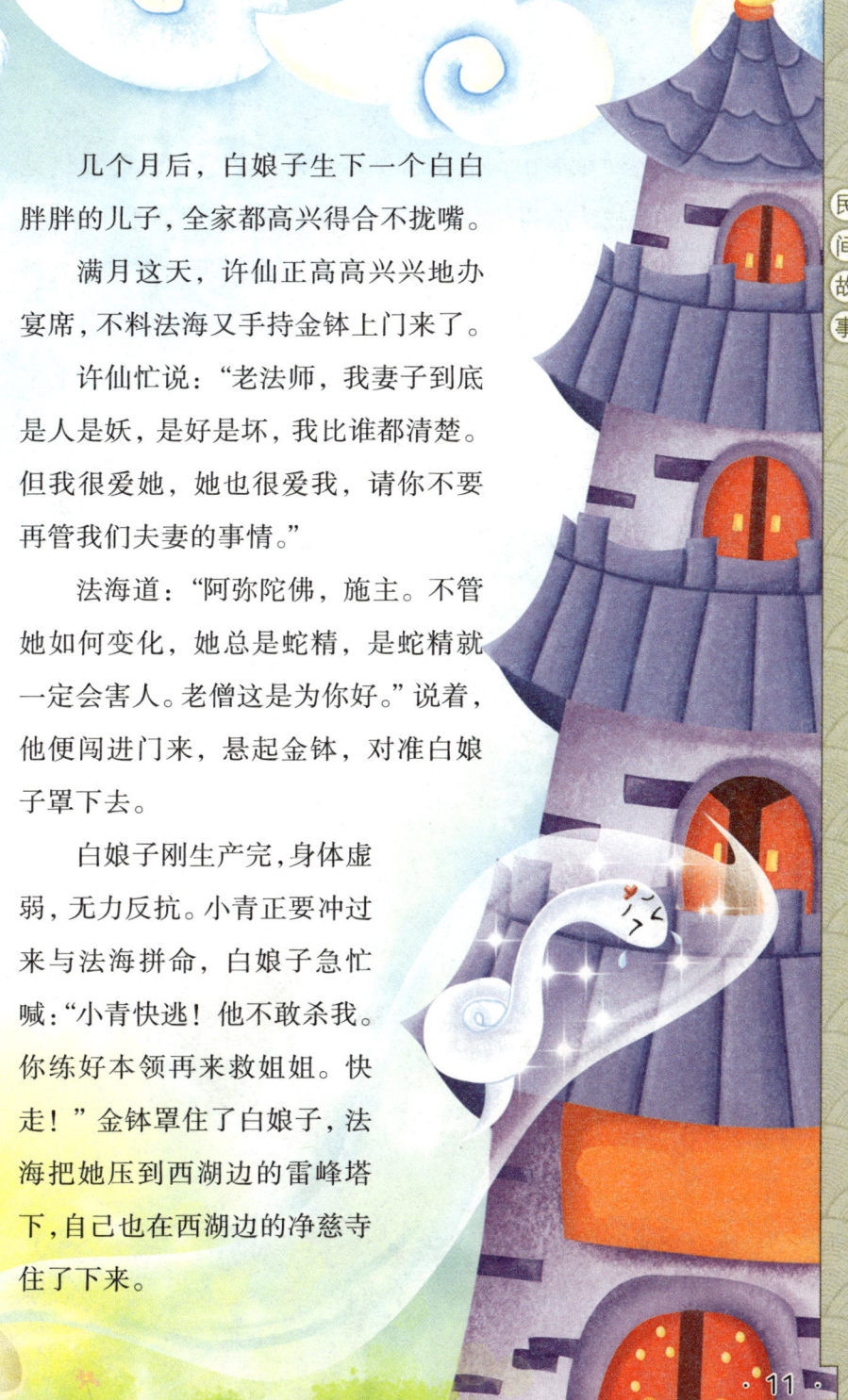

小青逃回峨眉山,加倍苦练。十八年后,她信心百倍地来到净慈寺找法海报仇。二人斗了几十回合,法海上了年纪,再加上小青功夫了得,法海只能招架不能还手。小青越战越勇,忽见她手起剑落,砍向附近的雷峰塔。只听"轰隆隆"一阵巨响,雷峰塔倒了下来,白娘子立刻又恢复了人形,上来一起对付法海。

法海被逼得没了退路,一个金蝉脱壳,跳进西湖,躲到一只螃蟹的硬壳里。据说至今人们还能在螃蟹壳里看到缩成一团的老法海呢。

许仙和白娘子相拥在一起,随后,小青带来了白娘子已长大成人的儿子。一家人终于团圆了,高兴地抱在一起。

孟 姜 女

那时正值秦始皇修长城,百姓们过得苦不堪言。河南杞县许家庄住着一对新婚夫妻,男的叫范杞梁,女的叫孟姜女。可惜新婚之夜,范杞梁就被官府征往北方去修长城了。

光阴似箭,范杞梁一去就是几个月,像石沉大海一样一点音讯也没有。孟姜女一个人在家,吃不好,睡不香,天天心里挂念着丈夫。就这样,孟姜女整个人瘦了一大圈,面容也憔悴了许多。

又过了一个月,两个月,转眼到了十月。天气一天天冷了,草上的露水都变成了白霜。这时候,东家西家,左邻右舍,拆拆、洗洗、缝缝、补补,都赶着给去修长城的亲人送寒衣。

别人家都有兄有弟,有个男人去送衣裳。范杞梁单根独苗,没有兄弟姐妹,况且父母又年老体弱,根本没有力气去送寒衣。孟姜女一来怜惜父母,二来思念丈夫,便打定主意,亲自给丈夫去送寒衣。

孟姜女动身前打扮了一下,带好棉衣、干粮准备上路。临走时她拜别父母,喊一声"爹",叫一声"娘",哭着说:"我要找到范杞梁,夫妻双双把家还。我要找不到范杞梁,至死不见爹和娘!"

孟姜女出门走了七八里,就觉着腰酸腿痛,上气不接下气。她心想:像这样一步一挪,几千里路何时才能走到啊!想到这里,孟姜女不由得哭了起来。她边想边哭,边哭边走,不知不觉走到了一块云彩上。原来她遇上神仙帮忙了!

孟姜女坐在云彩上,只听见风声呼呼直响,不一会儿就来到了长城边。她睁开眼一看,修长城的工地上,密密麻麻的都是人。民夫们一个个穿着破衣烂鞋,面黄肌瘦。长城上下,死人成堆,秦兵正拉着尸体往城墙里面埋。孟姜女一见,吓得脸色煞白,不由得心惊肉跳。她赶紧向民夫们打听丈夫的消息。问了好几个人,都说不知道有这么个人。她的心里更紧张了,生怕有什么意外。最后她向一个抬石头的人打听:"大哥,你可知道在这里修城墙的有个叫范杞梁的吗?"抬石头的民夫低下头想了想说:"早先,是有个叫范杞梁的。不过,几天前,他累死后就被埋在这城墙里了。"

真是晴天霹雳,孟姜女一听,当时一句话也说不出来了。她两腿一软,眼前一黑,扑通一声瘫在地上,用手蒙着脸号啕大哭起来。孟姜女哭了第一声,长城上的砖瓦胡乱往下落。孟姜女哭了第二声,整个长城都乱摇晃。孟姜女刚哭了第三声,只听哗啦啦一声,城墙塌了几十丈。孟姜女哭得越悲痛,城墙就塌得越快，塌得越多。顷刻之间，长城竟被她哭塌了几百里。长城一塌，露出了白花花的死人骨头。孟姜女知道这里边有自己丈夫的骨头，也顾不得害怕了。她把中指咬破，往骨头上挨个滴血，边滴边说："要是杞梁，血就渍湮。若不是杞梁，血不变样！"孟姜女说着哭着，哭着说着。她滴着血，掉着泪，走了一处又一处，最后总算找到了自己的丈夫。她抱起尸骨大哭了三天，直哭得天昏地暗，日月无光。

孟姜女哭塌长城的事传到了秦始皇的耳朵里，他马上命令满朝文武大臣一齐出动，不但要阻止孟姜女再哭倒长城，还要杀了她。

没过多久，孟姜女就被带到了金銮殿。秦始皇一见，大吃一惊：哎哟，这简直是天上掉下的美女啊！我那三宫六院、七十二妃，没有一个像她这么美。这时，秦始皇的杀念变成了贪念。他对孟姜女说："美人儿，你是哪州哪县的，姓甚名谁，为什么哭呢？快快讲来！"孟姜女一看见他，就狠狠地说："小女子家住河南杞县城南十里许家庄。爹姓许，娘姓孟，干娘姓姜，我就叫许孟姜。我的丈夫范杞梁被你逼来修长城，累死了。"她一边说着，一边又痛哭起来。

秦始皇说："起来吧，别哭啦，我恕你无罪。快快埋了范杞梁，给我做妃子，荣华富贵任你享！"

孟姜女心想：我恨不得咬你几口才解恨，谁肯给你做妃子！不过，孟姜女没有把真正的想法和秦始皇讲。她说："要

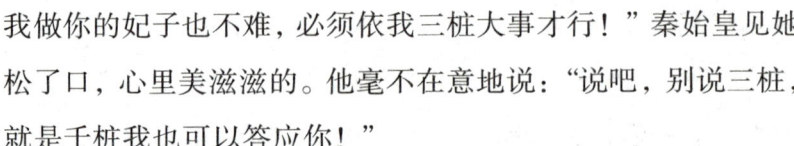

我做你的妃子也不难，必须依我三桩大事才行！"秦始皇见她松了口，心里美滋滋的。他毫不在意地说："说吧，别说三桩，就是千桩我也可以答应你！"

孟姜女说："第一桩，要用玉石棺材装我夫君的尸骨，埋到你家风水宝地九龙口，不能葬在黄沙岗！"秦始皇点了点头说："这没问题！""第二桩，文武百官披麻戴孝，你也要跟着灵柩拄哀杖！"秦始皇听了，瞪起眼睛为难了好半天，还是硬着头皮答应了。"第三桩，还要在江边，用绫罗绸缎给我绑一架彩色秋千，让我打秋千解愁肠。"秦始皇都一一答应了。

安葬范杞梁的日子到了，真是玉石棺材装尸骨，皇帝拄哀杖，文武百官披麻戴孝。孟姜女的两桩心愿都实现了，眼看彩色秋千也弄好了。孟姜女趁着天色好，来到江边上。她抬头看看天，低头看看地，又静静地望了一会儿江水。

随后，她登上秋千，用尽平生力气往上荡。第一次荡起来，她先望望千里之外的爹娘。第二次荡起来，她再望望生她养她的故乡许家庄。等到她第三次荡起来时，两手一松，跳进了江中央。

木兰从军

南北朝时,北方有个年轻漂亮且武艺高超的姑娘,名叫花木兰。

木兰射得一手好箭。一天,她正在放牧,忽然看见几个少年骑马扬鞭,弯弓搭箭,准备去打猎。见此情形,木兰提议要和他们比赛打猎,结果谁都不如木兰。回到家里,母亲责备她不该四处乱跑。父亲骂她不守闺训,但是见她带了很多猎物回来,心中暗暗高兴。

木兰夸口说自己射箭能百步穿杨,百发百中,这时乡里的里长走进院来。于是木兰抽箭搭弦,嗖的一声把里长的帽子射了下来。里长大吃一惊,木兰的父亲连忙赔罪道歉,并罚木兰织布三天,不许走出房门半步。

里长是来送文书的。他说皇上要和邻国开战,急需将士,要征木兰的父亲从军打仗。

晚上,木兰的父亲和老伴儿为此事发愁。自己年老多病,家里儿子又小,女儿又不能上战场。夫妻俩愁得直叹气,隔壁的木兰听见了,便停下织机也开始叹气。

木兰一夜未眠,终于想出了一个好主意。

第二天一大早,她偷偷溜出家门,上街买了一匹枣红马,又配上马鞍、马鞭和马笼头,还找人赶做了一件战袍。然后,木兰束起头发,扎上头巾,穿上战袍,跨上枣红马。这下,她变成了一个英俊的小伙子。

一切准备就绪,木兰骑着马一阵风似的赶回了家。回到家里,父母几乎认不出她了。她道明真相,父母见她决心已定,再说实在是没其他办法了,只得让她替父从军。于是一家人挥泪作别。

木兰告别家乡,随大军奔赴边疆。走啊走,大军来到黄河边。夜里,值勤的木兰听不见爹娘呼唤她回家的声音,只听见黄河的流水哗啦啦地响。

走啊走,大军停在黑山下。这里已靠近敌人的阵地,备战的木兰没有时间再想念家里的亲人了,耳中只听见敌人的战马在嘶叫。

多少次军情紧急,多少次关山飞渡,天寒地冻的北部边疆,月光冷冷地映着将士的铠甲,连打更的锣声也透着万分的寒气。

木兰身经百战,九死一生。她聪明机智、英勇善战,一次次立功,一次次提升,最后做了左路大将军。

十二年的战争结束了。大军胜利归来,皇上亲自召见木兰,赏赐给她许多金银财宝,又封她做兵部尚书。

木兰替父从军，为的是百姓和国家。她不要金银财宝，也不愿意做什么兵部尚书，她只要了一头能走远路的骆驼，骑着它回乡服侍双亲。

十二年过去了，父母亲已经白发苍苍。二老听到女儿归来的喜讯，相互搀扶着，来到路口迎接他们的女儿。小弟也已长大成人，正在家里磨刀霍霍，准备杀猪宰羊，犒劳打了胜仗归来的姐姐。

木兰终于到家了。她骑着骆驼，身边还有几个伴她回家的战友。木兰让爹娘在屋里招待一同归来的伙伴，自己跑到房里，脱下战袍，换上以前的青布衣衫，梳好如云的头发，又对着镜子贴上美丽的装饰物件，羞答答地走了出来。

伙伴们一见大惊失色。啊，共同战斗了这么多年，还不知木兰原来竟是个女子，长得这般漂亮。

聪明的阿凡提

国王早死一天

新疆有个非常非常聪明的人,他就是阿凡提。那时候,皇帝总是想方设法欺压百姓。可是百姓不敢说皇帝的坏话,谁说了,谁就性命不保。阿凡提可不怕,他骑着一头小毛驴,走到哪里,就在哪里说皇帝的坏话。这事儿传到皇帝那儿,于是他就派人把阿凡提找来。

皇帝说:"阿凡提,我听说你很聪明,我现在就考考你。如果你回答不出我的问题,我就要杀了你。"

阿凡提说:"皇上,您考吧。"

皇帝问:"天上有多少颗星星?"

阿凡提回答:"天上的星星和您的胡子一样多。"

"那么我的胡子有多少呢?"皇帝问。

阿凡提想了一下,一手抓起小毛驴的尾巴,一手指着皇帝的下巴,说:"您的胡子就和这尾巴毛一样多。要是不相信,您就亲自数一数吧。"

毛驴尾巴上的毛怎么数得清呀!皇帝发火了,叫人把阿凡提绑起来,拉出去砍头。可是阿凡提一点也不害怕,还哈哈大笑起来。

皇帝觉得很奇怪,就问:"阿凡提,你死到临头了,为什么还哈哈大笑呢?"

阿凡提说:"我早就知道自己今天要死了。我不光知道自己哪一天死,还知道您哪一天死呢。"

皇帝吓了一跳,问:"真的?"

阿凡提说:"当然是真的。"

皇帝急忙又问他:"快说,快说,我哪一天死?"

阿凡提说:"您比我晚一天死。我今天死了,您明天就要死。"

皇帝听了阿凡提的话,吓得腿直哆嗦,连忙喊到:"快把阿凡提放了,快把阿凡提放了。聪明的阿凡提呀,你可不能死啊。你一死,我第二天就要死。你最好再活上一万年,那我就可以再活一万年零一天了。我现在就给你用不完的金银财宝,

你好好活着。"

皇帝给了阿凡提很多很多金银财宝。而阿凡提却把这些金银财宝都送给了穷苦的老百姓。

右边在哪儿

一天晚上,阿凡提到一位朋友家做客。正要喝茶时,突然从窗外刮进一阵风,把蜡烛吹灭了,屋里顿时漆黑一团,什么都看不见了。

主人朋友对阿凡提说:"阿凡提,在你的右边,有一根蜡烛,请你把它递给我吧。"

阿凡提说:"屋里黑咕隆咚的,我怎么分辨得出右边在哪儿?你最好还是先把蜡烛点着吧!"

分 核 桃

两个小孩儿在一块儿玩耍时,捡到一颗核桃。一个小孩儿说是他先捡到的,另一个小孩儿说是自己先看到的。两个孩子争得面红耳赤,还是争不出个所以然来。这时,阿凡提从他俩身边经过。问明原因后,他抽出一把小刀,把核桃从中间一切两半,剔出核桃仁。他说:"这核桃仁就留给我吧,作为分核桃的报酬。剩下的你俩就一人一半,不多也不少,拿去玩吧!"

会生"儿子"的锅

一天,阿凡提向一个放高利贷的人借了口锅。一个礼拜后,阿凡提还多还回来一口小锅。放高利贷的人占了阿凡提的便宜,非常高兴。可是他觉得奇怪,便问道:"这口小锅是你给我的利息吗?"

"不是。"阿凡提说,"你借给我的是口怀孕的母锅,到我家两天就生了这口小锅。所以,我把它们母子都还给你。"

"往后用锅,你就尽管来借好了!"主人高高兴兴地把两口锅收下了。

又过了两天,阿凡提又来借锅了。放高利贷的一听,很痛快地把他家里最大的锅借给了阿凡提。

一个礼拜,两个礼拜,一个月都过去了,就是不见阿凡提来还锅。放高利贷的忍不住了,于是到阿凡提家来追讨。

阿凡提眼泪汪汪地诉起苦来:"天命难违呢,你那口锅到我家两天后就死了。我是想等过了四十天再去给你报丧。"

"胡说!"主人一听就急了:"你别想骗我,锅是生铁做的,怎么会死呢!快把锅拿出来!"

"你真不讲理呀!"阿凡提说:"你相信锅能生儿子,怎么就不相信锅会死呢?"

狗　啃　头

一天,有个喜欢卖弄的理发师在大街上碰见阿凡提,于是热情地拉住他说:"阿凡提,你的头发长得好长呀!快坐下来我给你理一理吧。我手艺非常好,包你满意!"

阿凡提坐下后,理发师开始用那把从来也不磨的钝刀子给阿凡提剃头。阿凡提非常痛苦,只好闭上眼睛强忍着。理发师扬扬得意地问道:"阿凡提,你很舒服吧!瞧你都快睡着了。"

阿凡提说:"是呀,我不仅睡着了,而且还做了个梦。梦里,我梦见一条狗正在啃我的头呢!"

狗也讨厌

从前,阿凡提养了一只狗。这只狗夜里总是在院子里溜达,白天才钻进窝里睡大觉。

一大早,千户长就挺着肚子、晃着脑袋来到阿凡提家里。

狗瞧都没瞧他一眼,就溜进了窝里。千户长把眼睛瞪得圆圆的,咧开嘴巴,嘿嘿地笑了笑,说:"瞧,阿凡提,你的狗多么怕我呀!我一来,它都不敢叫一声就夹着尾巴进窝啦!"

"不,阁下,不是那样。"阿凡提盯着千户长说:"我的狗并不害怕你,而是讨厌你!"

种 金 子

国王和他的侍从打猎经过一片沙滩,看到阿凡提坐在沙地上用筛子筛金子。他觉得很奇怪,便问道:"阿凡提,你在这儿做什么呢?"

阿凡提回答道:"陛下,我正在种金子呢。"

国王听了,更加惊奇了,于是说:"快告诉我,聪明的阿凡提,金子种下去会怎么样呢?"

"您真不明白吗?"阿凡提说,"今天,我把一两金子种在这儿,不久就可以收获十两金子。"

国王一听,眼睛都红了,心里暗自盘算。他想:这么好的事儿怎么能错过呢?他连忙笑脸相迎,跟阿凡提商量起来:"我

的好阿凡提，你种这么点金子，能收多少金子呢？咱俩合伙种吧！缺种子到宫里来拿，等长出来我只要八成就行了。"

第二天，阿凡提到宫里拿回了一锭金子。过了一个礼拜，他给国王送去十锭金子。国王一看，金子金光闪闪，亮得耀眼。于是他立刻吩咐手下的人，把库里所有的金子拿给阿凡提做种子。阿凡提把金子拿回来之后，全都分给了村子里的贫苦人。

一个礼拜过去了，阿凡提空手来到王宫。他愁眉苦脸地走进去。国王见阿凡提来了，笑得眼睛眯成一条缝，问道："阿凡提，怎么样啊？金子长得如何？"

"陛下，真主老是不降雨，咱们的金子都枯死了！"阿凡提说着伤心地哭了起来。

国王勃然大怒,从宝座上直扑下来吼道:"胡说八道!我不相信你的鬼话,金子怎么会枯死呢?"

阿凡提理直气壮地说:"陛下,这会儿您比我还糊涂。您既然承认金子能种下去能长出来,怎么就不承认金子缺了雨水会枯死呢?"

国王无言以对,只好眼睁睁地看着阿凡提走了。

世界末日

一天,几个毛拉商量好了,一起去骗阿凡提的羊。于是,他们来到阿凡提家里,一齐嚷道:"完了,完了!世界末日马上就要到了!你还喂你那只肥羊干什么呢?为了不让它白白活这么一次,我们今天帮你把它宰了吧!"

没等阿凡提反应过来,他们就拥上来,七手八脚地把阿凡提的绵羊宰了。

"好吧!"阿凡提说,"既然世界末日马上就到了,还留着羊干什么呢?那就请你们先休息一会儿,我来当厨师。我用羊骨头熬汤,用肥肉做烤肉,你们看好不好呢?"

毛拉们高高兴兴地同意了。他们脱下外衣,到后院果树下乘凉聊天去了。

毛拉们走后,阿凡提赶快把肉和油送进屋去,只是把羊骨头架子煮在锅里,把毛拉们贵重的外衣塞进灶火里烧了。约摸肉快熟了,毛拉们回来了。他们找不到外衣,就问阿凡提:"我

们的外衣哪儿去了呢？"

"尊敬的毛拉们，"阿凡提不紧不慢地说，"外衣烧火用了。世界末日就要到了。我的肥羊都不要了，你们还要外衣干什么用呢？"

毛拉们你看我，我看你，无话可说。

郑板桥的故事

题联巧骂势利僧

郑板桥的诗、书、画,世称"三绝"。很少有人不知道他的大名,可是他的穿着打扮都很平常,不容易引人注目。

有一次,他外出游历到了一座古寺。老和尚看他年纪轻轻,却一副寒酸相,鄙夷地白了他一眼,不再理他。郑板桥只当没看见,迈着步子走进古寺,开始欣赏墙壁上的字画。

那天,恰巧李鲜也来古寺游览。他一见郑板桥,便道:"板桥老弟,你也在此。"郑板桥回道:"刚来片刻。"

老和尚听到"板桥"二字,心想他应该就是郑燮郑板桥。老和尚随即满脸堆笑,指着郑板桥问李鲜:"请问,这位莫非就是大名鼎鼎的书画家郑板桥先生吗?"李鲜点头答道:"正是。"

老和尚听后,连声招呼:"久仰久仰,请坐请坐。"一面说,一面搬椅抹桌,并高声吩咐小和尚前来泡茶。

老和尚一副巴结讨好的势利相。

聊了片刻后,郑板桥准备起身告辞。老和尚开始点头哈

腰,说:"郑先生名扬四方,既然来到寒寺,那务必请留下墨宝,以作纪念。"

说完,他叫小和尚捧出笔墨纸砚。

郑板桥最厌恶趋炎附势的小人。他见老和尚前后两副面孔,打心里作呕,正要寻机给他点教训,恰巧老和尚向他索字。于是,郑板桥思索片刻,当即写下一副对联。上联是:"凤在禾下飞去鸟",下联是:"马到芦边草不生"。写完搁笔,和李鲜哈哈大笑起来,随即拂袖而去。

老和尚把这副对联挂在墙上,逢人便吹嘘郑板桥是如何热情地为他写这副立轴的,借此来抬高自己的身价。

一天,老和尚又开始向游客吹嘘郑板桥为他写的这副对联。有位游客问道:"老和尚,你知道这副对联的意思吗?"老和尚不懂装懂,胡乱地说了一遍。这位游客说:"你挨骂了。"老和尚不信,问道:"何以见得?"

这位游客指着上联说:"你看,凤(繁体字为鳳)凰的凤字,把里面的鸟字去掉不就成了几个的'几'字吗?再在上面加上稻禾的'禾'字,不就是光秃的'秃'字吗?"接着,游客又指着下联说:"芦苇的芦字,去掉草字头,加上马旁,就成了毛驴的'驴'字。上下联合起来,不就是'秃驴'二字吗?"

老和尚听了,羞得面红耳赤,脑门冒汗,不知说什么才好。

民间故事

唐伯虎的传说

送给更夫一张画

唐伯虎年轻的时候喜欢玩,不玩到半夜,他是不回家的。他家住在小巷子里,巷口有个栅栏。一到天黑,这个栅栏就被锁上了。唐伯虎每次半夜回来,就进不去。这一带有个姓张的更夫,心肠好。他每次听见唐伯虎回来,总要出来给他开栅栏门。一次又一次,唐伯虎内心过意不去了,于是画了张画送给更夫。

更夫早就听说唐伯虎的画画得好,就是没亲眼见过。这下唐伯虎送了他一张,他高兴坏了。他打开一看,呀,怎么是三根毛竹,而且每根十二节,毛竹顶上躲个小鸟,毛竹根头一蓬狮子草,草上有只"叫蚰子"。一打开,小鸟翅膀就扇啊扇地直跳,叫蚰子翅膀扑扇扑扇地直叫。画画得不错,可更夫不明白画的意思。

唐伯虎说:"这画可以帮你看更哩!"

"是真的吗?"

"当然是真的,回去好好收起来吧,起更时你就把它挂起来。你望着吧,小鸟往下跳一节,叫蛐子就往上爬一节,你就打一更天;小鸟跳下二节,叫蛐子爬上了二节,你就打二更天。打到五更,你就要把画收起来。那时,小鸟和叫蛐子就回头了,第二天起更时还可以用。不这样的话,小鸟便和叫蛐子碰了头,小鸟把叫蛐子吃了,就不能再用了。"

更夫一听,高兴极了,回去一试,果然不假。从这以后,更打得准多了,他也可以在家歇歇了。

谁料到,衙门里的县官,听见更夫这几天打更打得准,感到很奇怪,便把更夫传来问话。更夫是个老实人,就一

五一十地把什么都告诉县官了。话只说了一半，县官就来气了。他说："好个唐伯虎，我请你画你不画，倒给更夫画！"他立刻叫更夫把画拿来让他看看。他一看就知道这是出自唐伯虎之手。于是，他拿出五十两银子对更夫说："我把五十两银子给你，你把画留下吧！"

更夫只好答应了。

当夜，县官回到家里。他开心极了，于是把画挂到客堂里。小鸟翅膀扇呀扇地跳，叫蛐子翅膀扑扇扑扇地叫，守到一更天，小鸟跳下来一节，叫蛐子爬呀爬，朝上移了一节。到了三更天，县官困了，也没有把画收起来，就睡觉去了。

过了一夜，他再朝画上看去。这可不好了，画上只留下三根光秃秃的毛竹。叫蛐子被小鸟吃掉了，小鸟飞走了。他不怪自己疏忽，却怪唐伯虎，说他画画骗人。

画纺织娘

唐伯虎有一个好友，叫祝枝山。

一天，两人同在西湖游玩。祝枝山问道："老弟，人家说你画的画儿很出神，有仙气。你我是多年的好友，你怎么就不给我画一张呢？"

"都是老朋友了，有什么可画的呢！"

"不行，今天你一定要给我画一张不可！"

一路上，祝枝山老是叽里咕噜的，吵得唐伯虎不得安宁。

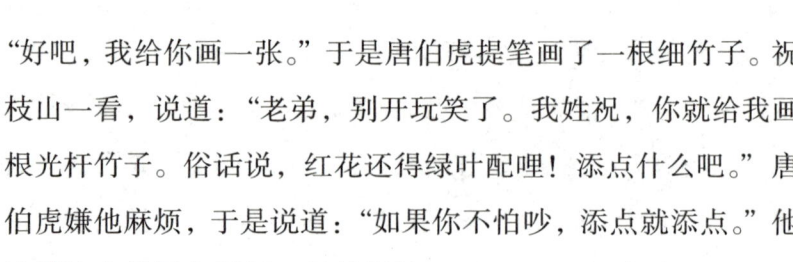

"好吧,我给你画一张。"于是唐伯虎提笔画了一根细竹子。祝枝山一看,说道:"老弟,别开玩笑了。我姓祝,你就给我画根光杆竹子。俗话说,红花还得绿叶配哩!添点什么吧。"唐伯虎嫌他麻烦,于是说道:"如果你不怕吵,添点就添点。"他边说边在竹子上添了一只纺织娘。

祝枝山一看画确实画得好,回家便把它挂在床头的墙壁上。谁知道,到了夜里,祝枝山刚睡下,就听到房间里好像有织布的声音,吵得祝枝山怎么也睡不着。于是,他爬起来,点了盏灯,到处找。他四周都找遍了,什么也没找着。仔细一听,叫声好像还在屋里。于是,他又顺着声音找了一遍。终于找到了,原来是那幅画上的纺织娘在叫,两只翅膀还正在那里抖动哩!祝枝山气坏了,顺手就是一巴掌。这一下,纺织娘不叫了。他又上床去睡了。他刚刚闭上眼,那纺织娘又开始叫了,声音比原先还要大!

祝枝山又是一巴掌,这下纺织娘又不叫了。就这样,他被折腾了一晚上。

第二天,快到晌午了,祝枝山才睡醒。还没起床,唐伯虎就来了。一见面,唐伯虎便问:"老兄,昨晚睡得怎么样啊?"说着,他就朝那幅画上瞧去。一看,画上的纺织娘不见了,只剩下一根光杆竹子。于是,唐伯虎就问:"纺织娘怎么不见了呢?"祝枝山怕被他笑话,就说:"哪有什么纺织娘,你不就画了根竹子嘛!"

唐伯虎见他不想说也就不再追问了。接着，他说："牡丹虽好看，还需绿叶相衬呀！一根光杆竹子像什么画，让我来添点东西上去吧！"说着，他提起笔就要往上画。祝枝山这下可急了。

他马上说道："老弟，你就行行好吧。昨晚那只纺织娘吵得厉害，我快被吵死了，一夜没睡好，好不容易才把它赶跑。再添点东西，我就活不成了。"

过年的来历

每到过年的时候,家家户户都非常热闹,人们喜爱在家门口贴红对联,燃放鞭炮,共度辞旧迎新的好日子。可是大家知道过年的来历吗?说起过年,还有一段有趣的故事呢。

相传中国古时候,有一种叫"年"的怪兽,头长尖角,特别凶猛。"年"长期住在深海里,每到除夕,就会爬上岸来吞食牲畜和人。因此每逢除夕,村寨里的人们就会逃进深山里,躲避凶恶的"年"。

这一年又到除夕了,人们还是像以前一样收拾好东西,准备逃往深山。这时,村里来了一位白发老人,他对人们说只要让他在村里住上一晚,他就一定能将"年"赶走。

人们根本不相信,纷纷劝他随大家一起进深山,可老人却坚持留在村里,众人见无法说服他,都无奈地躲进深山去了。

不久,一阵狂风刮来,"年"出现了,正当它准备进村子肆虐的时候,白发老人燃起了爆竹。"年"听见爆竹声后,浑身战栗,不敢向前迈一步。

这时大门突然被打开,白发老人身披大红色的袍子走出来

哈哈大笑,"年"顿时惊慌失措,夺路而逃。

原来,"年"最怕红色、火光和炮响。

第二天,人们从深山里回到村子,发现村子里竟安然无恙。

人们这才醒悟过来,那位白发老人原来是来帮助大伙儿驱逐"年"的神仙啊!

人们同时还发现了白发老人驱逐"年"的三大法宝:红色、火光和炸响。

从此以后,每到除夕的时候,家家户户都会贴上红对联,燃放爆竹,守更待岁。

这一风俗越传越广,成为中国民间最隆重的节日"过年"。

清不过包拯

老百姓一说起包拯，就会亲切地称他为"铁面无私包青天"。包拯办案真正地做到了"王子犯法与庶民同罪"。有一年，包拯惩治了驸马陈世美。皇帝对包拯一直怀恨在心，于是，他借了个名头撤了包拯的职。皇帝还不放过包拯，他把大太监和小太监召到皇宫，私密地商量了好久。最后，两个太监给皇帝出了个主意。皇帝一听，非常满意，于是吩咐他们照办，事成后大大有赏。

包拯被革职后，只好收拾行囊，起程回乡。由于朝廷嘱咐京城所有客栈不得留包拯过夜，他只好连夜动身。包拯为官清廉，两袖清风，雇不起车马，由老家仆包兴挑着行李，自己跟在后面步行，却没有料到太监跟在后面盯梢。

当时正值六月暑天，包拯出了京城，上路没有多远，便汗流浃背。走了半日，汗淌了几身。这会儿包拯走到一座山下，热得不行，口渴得要命。可是这里前不着村，后不着店，既无池，也无井，身旁只有一块瓜地。瓜地里青葱葱的瓜藤上，西瓜儿结得溜圆。包拯咂咂嘴，看看周围没人。为了解渴，他就

摘下个西瓜,放在膝盖上,用拳头"嘭嘭"两下砸开,和老家仆一起大口大口地吃了起来。他们一口气吃了两个大西瓜。两个太监早在监视着包拯咧。大太监对小太监说:"古来君子是'瓜田不纳履,李下不正冠',包黑子偷瓜吃,还能算得上清官吗?我们这就逮他去见皇上。"

二人正要动手,却见包拯掏出几个铜钱,放在瓜藤上,抹抹嘴上路了。两个太监无可奈何地摆摆手说:"吃瓜给钱,那有什么可说的。"

傍晚,包拯到一家小客栈歇息,两个太监也跟着进去了。包拯囊空如洗,只叫了素菜、米饭。哪知这小客栈的米饭没蒸熟,一碗饭里尽是稻谷。包拯只得边吃边拣,一张桌子上堆的全是谷粒。两个太监正盯着包拯呢,小太监对大太监说:"糟蹋粮食遭雷打,

咱们捉他去,好为皇上出出气。"

可是包拯抓起谷粒,一粒一粒放在嘴里嗑去稻壳,吃了米粒,真是"盘中之餐,一粒未废"。这又有什么可说的呢,就是鸡蛋里挑骨头也挑不出来呀!大太监和小太监只好大眼瞪小眼。

走着走着快到淮河边了,包拯眼看就要到家了,两个太监还没抓到包拯的把柄,这怎么向皇上交差呢?于是,两人又嘀嘀咕咕商量了一个计策。两个太监连夜从小路,早上启程,晚上在外露宿,赶到包拯前面,在淮河边上坐着等他。包拯一到,他们一个拉腿,一个推背,把包拯推到一堆脏东西上。他们以为这样,包拯一定会到淮河里去洗手。淮河有人淘米洗菜,就安他个玷污河水的罪名。他俩把什么坏点子都想到了。

谁知包拯手弄脏后,叹口气爬起来,正想到河里去洗。这时他瞥眼一看,河边小媳妇、大姑娘,淘米的淘米,洗菜的洗菜,提水的提水。他心想:这一洗手,人家可怎么再饮水呢?于是,包拯走到河边,用干净的左手掬水含到嘴里,然后又离开水边,到坡上吐出水来冲洗。两个太监实在是一点办法也没有了,心想:包黑子真是天下难有的清官啊!就是再跟他一万年,也找不到他的污点。于是,两人只好垂头丧气地回去回复皇命。

这事一传十,十传百,老百姓就编了个顺口溜:毒不过皇上,奸不过太监,清不过包公。

吴道子的传说

相传,吴道子小的时候有些愚笨。他非常喜爱画画,可是不管怎么画总是画不好。画了一遍又一遍,最后他有些灰心丧气。他觉得自己不是画画的材料,永远也画不出什么名堂。

这一天,他心情苦闷,没精打采地出门游玩散心。他来到一座庙里,进了大殿,看见两个妇女正在烙馍。年老的坐在大殿东头做馍,年轻的坐在大殿西头烧鏊子。只见那年老的把面团用小擀面杖擀成了薄馍,随手又用小擀面杖一挑。那馍就像长了眼睛一样,从东头飞到西头,不偏不倚地落在那年轻

妇女面前的鏊子上。年轻的妇女一面烧火,一面用竹片翻馍。馍熟了,她也像年老的妇女那样,随手一挑,那馍就飞起来,正好落在大殿中间的一块木板上,叠得整整齐齐。吴道子吃惊得说不出话来。

吴道子看了一会儿,就走到那年老妇女的身边,问道:"老奶奶,您看都不看,馍就飞落在西头的鏊子上,这事儿这么难,您是怎么学会的呀?"那年老妇女看了他一眼,回答道:"这没有什么诀窍,也不过是天天烙、月月烙,时间久了,功夫也练好了。"她说完,又忙着开始烙馍。

吴道子一下恍然大悟。从那妇女的话里,他明白了一个道理:无论做什么事都要一心一意,下苦功才行。"功到自然成",这话是很有道理的。从那以后,他开始勤学苦练,见山画山,见水摹水,见人描人,见树绘树。

日久天长,吴道子最后成了一个很有名气的大画家,被人们称为"画圣"。他画的画充满了灵气,被人们说成是"神画"。

王昭君的传说

鸽　子　树

有一种名叫珙桐的树生长在鄂西山区的高山密林里。春天一过,它就开出又白又大的花。两片花瓣伸出,略微张开,就像是一只欲飞的白鸽。它开在枝头上,所以人们给它起名"鸽子树"。

说起树上的鸽子花,它可有来历哩!

两千多年前,宫女王昭君远嫁塞外,要做南匈奴呼韩邪单于的阏氏。这天,王昭君从京城长安上路。她坐在窗前,遥望故乡,正在想念香溪的父老乡亲。忽然窗外白光一闪,飞进一只雪白的鸽子,轻轻落在了王昭君身边。王昭君仔细一看,正是自己在家时喂养的那只小白鸽"知音"。

她高兴极了,连忙捧在手里问道:"知音,你怎么找到这里来了?我好想念你啊!"

知音说:"昭君,我也一直想念你啊。听说你要出塞去和亲,我飞了整整七天七夜,赶来与你同去,你愿意吗?"

　　王昭君微微一笑，点头答应了。小白鸽知音就地一滚，化做一支小巧玲珑的白玉簪。王昭君随即把它斜插在发髻上。

　　到了匈奴后，王昭君被封为宁胡阏氏，做了呼韩邪单于的王妃。一晃三年过去了，王昭君生了一双儿女，生活得非常幸福。她还教匈奴人编织、刺绣，琴棋书画，深得大家敬重。王昭君非常思念家乡，每天早晨她都要向南祝祷。每逢过节，她还要朝南拜三拜。

　　一天夜里，王昭君做了个梦。她梦到自己回到了故乡兴山宝坪。她打水的楠木井，还是那样清清亮亮；她梳洗用的梳妆台，还是那样清爽雅致。西荒垭的灯还是那么明亮，纱帽山的树还是那样青，只是爹娘头上的白发增多了，脸上的皱纹加深了。王昭君一觉醒来，思乡之情更加深切，于是她写了一封信，向家人报平安。可是交通不便，道路险阻，这封信怎么送回去呢？

　　就在这时候，小白鸽知音说话了："昭君，我给你把信送回家吧！"

　　王昭君一听，真是高兴极了。可是她心想：这山高路远，天气多变，知音身单力弱，一定受不了长途跋涉。她虽然没有说出来，可是知音已经了解到她的心思，对王昭君说："昭君，你放心吧，我带领我的子孙一起飞，一定把你的信平安地带给宝坪的亲人。"王昭君感动得泪流满面，把家信牢牢地系在小白鸽腿上，又嘱托了一番，才送它们上路。

在知音的带领下,一群白鸽向南方飞来。它们穿云雾,搏风雨,飞过了高山,飞过了大海,终于飞到了目的地。

一路上,白鸽们累坏了。到了王昭君的故土后,就成群地落在树上休息。知音看到这番情景,便说:"你们在这儿休息吧。我再飞五十里,把昭君的信送给乡亲们去。"说完,它就朝宝坪村飞去。

宝坪村的父老乡亲,听说白鸽知音从塞外送回了昭君姑娘的家信,个个喜出望外。他们都想留知音在村子里歇息。

后来,大家听知音说,它要和其他白鸽一起在万朝山树上休息,第二天就赶来看望它。不料树上的鸽子,都已经变成朵朵白花了。

从此,人们给珙桐起了个名字,那就是"鸽子树"。这个故事越传越远,还传到了国外,于是他们也给它起了个名字,叫"中国鸽子树"。

楠 木 井

在王昭君的故乡宝坪村,有一棵两人合抱都抱不拢的大核桃树。传说这是王昭君亲手栽种的,树下是她家的宅地。在树荫掩蔽的地方,有一眼铜镜般的圆井,它以楠木为盖、镶边、垫底、护口,和一般的水井实在是不一样。井里的泉水碧澄碧澄,泉面像块无斑无痕的宝玉。泉水清甜,胜过陈年的老酒。大暑天里,不管天多热,地多旱,来到井边人们就感到一阵凉

气。喝一口井水，便感到暑气顿消，浑身上下不长痱子。冬天，不管天多冷，地多寒，井上总是蒸气腾腾，井水也是温温的。用井水擦擦手，洗洗脚，一个冬天都不会生冻疮。人们称这口井为"楠木井"。

以前，宝坪村没有水井，只有一个小泉坑。岩缝里渗出一股股泉水，勉强供全村人饮用。

一天，天上来了一条小黄龙，它卷起一阵黄烟，飞落到泉坑里来洗澡。原来它是看上了这泉坑周围的景色。它一摆尾、一打滚，搅得黄泥烂浆直滚直翻，把岩缝堵得死死的，渗不出半滴泉水来。从此，泉坑黄乎乎、脏兮兮的，成了一潭死水。小黄龙还常在坑里吐口水，打喷嚏，整天排泄粪便，弄得水面上浮起一层黄色的东西。那坑水又浑又腥，又苦又涩，乡亲们喝了一个个上吐下泻，不久，病倒了一大片。泉坑附近王昭君栽的那棵核桃树也枯了。

小黄龙霸占了泉坑，人们不得不到宝坪村山下的溪河里去挑水。从小王昭君也跟乡亲们一道，每天去挑水，人们累得腰酸背痛，上气不接下气。为此，乡亲们常常唉声叹气地说："唉，老天爷怎么降下这么个妖怪！""唉，要有一眼清泉水井，那我们宝坪村就是个好地方喽！"

听到乡亲们的叹息后，王昭君暗想：家乡要是有一眼千年不干的泉水井那多好啊！我为何不和姐妹们一起齐心合力把黄龙赶走，再掘深一些，掘出一口深井呢？

想好后，王昭君马上招来姐妹们，把自己的想法告诉了她们。这些跟王昭君一块挑水、采茶、绣花和弹琴的女伴们，平日就很尊重她。年纪小点的称她昭君姐，年纪大点的称她昭君妹。听王昭君这么一说，她们没有一个不乐意的。大伙卷起衣袖，系起罗裙，从家里提来水桶，拿来绳索，站到黄泥坑边开始舀黄泥水。姑娘们连着干了三天三夜，眼看黄泥水快被舀尽了。

第四天，姑娘们正干得起劲。突然，狂风大作，黄尘蔽天。一刹那，一条黄褐色的长蛟呼的一声腾空而起，向天空奔去。姑娘们见黄龙被赶走了，一个个乐坏了，乡亲们也纷纷辗转相告：

"嘿，昭君姑娘办了件大好事呀！"

"哎呀！宝坪村出了只金凤凰！"

赶跑黄龙后，王昭君便和众姐妹开始凿泉眼。好心的乡亲们也来帮忙，被王昭君她们谢绝了。热情的小伙子要来相助，也被王昭君她们好言打发走了。后来，她们只邀请了村东头九十九岁的"老寿星"爷爷，让他来帮她们出点子。

姑娘们开始掘井，一连掘了七天七夜。终于，她们掘出一口圆圆的、直直的水井。王昭君用铁钎在井底岩缝里一插，碗口粗的清泉水，从岩缝里直往外冒。就这样，冒呀冒，不到三个时辰，井里就注满了清滢滢的泉水。这一下，大家可高兴坏了。可是王昭君却皱起眉头，开始在一旁沉思。

姐妹们问道:"你有什么事不开心呢?"

王昭君说:"我在想,要是那条小黄龙又跑来捣乱,我们可怎么办呢?"

姐妹们一听,全愣住了。是呀!小黄龙再来洗个澡,宝坪村就又要遭一场大灾难啊!

大家正为这事儿发愁,忽然人群里发出一串响亮的笑声。姐妹们回头一看,原来是"老寿星"。他捋捋花白胡子,对王昭君说:"老话说,'青龙住水井,吉祥降宝坪'。只要请来九天青龙下凡来长住井底,那么黄龙就会被降服,不敢再来。再说,有了青龙,就不用再担心井水不清,泉水不甜啦!"

王昭君听后,高兴地眉开眼笑,忙问:"那么如何才能请青龙下凡呢?"

"老寿星"不住地顿着拐杖,说道:"莫急,莫急,只要有一位相貌俊美、心地虔诚的姑娘,肯上纱帽山向上天拜请七夜,那青龙定会飞出天界,降到井里来。"

姐妹们叽叽喳喳开始议论起来。有的说:"哎呀,相貌最美、心地最虔诚的只有昭君啦!"有的也说:"夜里山上有野兽伤人,那可不行。要去,我们姐妹们都得去。"

"老寿星"说:"人多不行,天神会厌烦的!"

王昭君说:"姐妹们请放心,只要能请来青龙保住水井,我什么都不怕!"

就这样,王昭君劝阻了众姐妹,当天夜里独自上了纱帽山。

第一天，没动静，第二天、第三天，没动静，第四天，第五、第六天，还是没动静，到了第七天夜里，王昭君正在拜请，忽然月亮边积起了一堆乌云。顿时，风声骤起，一道青光刺破天空，把王昭君的全身照得通亮，接着青光里传来一声："来了！"只见一条青黝黝、金闪闪的长龙，左摆右转，翻腾起舞，从天上直奔宝坪村而来。

众人向井边拥去。

"老寿星"说："这下好喽、好喽！'青龙住水井，吉祥降宝坪。'黄龙再也不会来捣乱了！"

天亮了，众姐妹拥着王昭君，在井边一起下拜，愿青龙长住井中，为民造福。乡亲们也来了，看看井里的泉水清滢滢、明晃晃的，跟王昭君的心一样。有人便把这井叫作"昭君井"，也有的叫它"青龙井"。从此，乡亲们再也不用到山下的溪河里挑水了。

一天，王昭君急匆匆地跑来找姐妹们，说昨夜里她做了一个梦。在梦里，他梦见井里的青龙要回天上去了。这一去，怕它再也不回来了。

听了王昭君的话，姐妹们急坏了，赶忙跑去找"老寿星"。

"青龙要走了，怎么办呢？"

"小黄龙一定会再来捣乱！"

姐妹们你一言我一语，没完没了，把"老寿星"的头都快吵晕了。

"莫急，莫急，让我想想。""老寿星"捻着银须，沉思了半天，这才开口道："嗯！办法是有呀，可太难办啦！"

王昭君赶紧问："您快讲，是什么办法？"

"早听说蜀国峨眉山盛产一种楠木宝树。这树高十几丈，腰身需六七人合抱。这种树纹细木坚，清香四溢，千年不腐。这宝树可以镇龙阻虎。"

姐妹们忙问："'老寿星'爷爷，那峨眉山离宝坪村远吗？"

"远啊！远在天边，怕无人能去采呀！"

王昭君说："那您看我能去吗？"

"老寿星"眨眨眼打量一下王昭君，半天

没有作声。

姐妹们都急了:"昭君姐去,那万万不行。"

王昭君道:"怕什么呢!远在天边,不也有边有际吗?我飞峡江,上蜀国,登上峨眉山,一定能采来楠木宝树!"说完,她打点行装,开始启程。

"老寿星"见王昭君这么勇敢、善良,非常感动。于是,他对王昭君说:"既然如此,我就实话告诉你们。我是仙翁下凡,这回就让我亲自为你们跑一趟,姑娘们等着吧!"说完,他驾起青云,直奔西天而去。

不到一个时辰,这位仙翁就扛着一根长长的紫红楠木,从云中缓缓降下。到了井边,他用羽扇轻轻一扇,那楠木立刻变成了一根有棱有角的大木梁。接着,乡亲们齐心协力,费尽九牛二虎之力,把它放在井底。那楠木泡在泉水里,长年不腐,吐放清香,山泉水变得更加清净、甜美了。

井内的青龙被楠木一压,再也出不来了。井水碧绿澄清,长年不断。就连旁边的核桃树也长得枝繁叶茂,果实累累。自此,宝坪村的乡亲们就把青龙井也叫作"楠木井"。

一些老人说,用楠木井的水做饭,饭格外香,用楠木井里的水做汤,汤格外鲜,用楠木井的水做酒,酒格外醇,用楠木井的水泡茶,茶也格外酽。

千百年来,乡亲们一直在喝着楠木井的清泉水,同时,也在深深地怀念着美丽善良的昭君姑娘。

丝路传说

在喀什东门外矗立着一座香妃墓。那里的维吾尔族人民称它为"浩罕"。香妃于雍正十二年出生,她是伊斯兰教始祖派噶木巴尔的后代。她后来被选入皇宫,做了乾隆皇帝的妃子。香妃死后,被葬在河北遵化清东陵。那么,为什么香妃墓又在喀什呢?

据说,乾隆曾做过一个梦。他梦见自己来到西域边城的一条大街上,看见一位怀里抱着一只大花公鸡的美丽姑娘。这个姑娘看见乾隆便向他喊了声:"万岁。"乾隆说:"姑娘,你叫什么名字?"姑娘不语。乾隆又问:"你父官居何职?"姑娘仍不语。乾隆走上前,猛地闻见一股异香。一抬头,那位美丽的姑娘不见了。

乾隆醒来后,梦境历历在目。特别是那一股异香,他想来想去,怎么也忘不掉。于是,他便派大臣去西域寻找那位姑娘,并命令他们一定要找到那个怀抱大公鸡、身有异香的姑娘。

于是,派出的大臣来到了西域。他们找遍了所有的边城,怎么也没找到怀抱大公鸡、身有异香的姑娘。大臣们嘴里不

说，心里有气："是呀，这是个没法完成的任务。皇上做了一个梦，便让臣子四处寻，谁知这梦是真是假。"

一天，大臣们来到库车。正逢当地人赶"巴扎"，大臣们没精打采地进了市场，由地方官陪着吃烤羊肉串。

烤羊肉串是南疆特产，大臣们吃的又是精选的肉，加上烤肉的又是高手，按理说他们应该满意。可大臣们吃在嘴里一点儿味道也没有，甚至比吃药还难受。

突然，一个大臣的眼睛直了。大家顺着他看的方向望去，从西边驶来一辆香车，车上坐着老老小小十几个人，其中有一个姑娘，长着一张瓜子脸，眼睛像山泉一样微微发蓝，闪着波动的光，一双细眉弯弯的，浑身散发着香气，她的怀中正抱着一只大公鸡。

顿时，大臣们像疯了似的，一起向香车跑去。他们还没到姑娘跟前，一股异香就飘了过来，大臣们感觉像漂浮在云雾中。"就是她，就是她。"他们狂喊着，朝那个姑娘磕头行礼，恭敬地说道："贵妃娘娘。"

这位姑娘正是以后进宫的香妃。

香妃进宫后，乾隆皇帝十分宠爱她。他朝夕相伴在香妃身边，通宵歌舞，又给她专门修了有维吾尔族建筑特色的梳妆楼。乾隆被她迷得神魂颠倒，甚至到了"君王不早朝"的地步。

这引起了嫔妃们的嫉妒，她们不约而同地去找皇太后，说了许多关于香妃的坏话。有的甚至说："香妃是个妖精，要不身上哪来的一股怪味！"

皇太后开始不相信，但时间久了，这些坏话像一块大石头压在皇太后的心上，让她喘不过气来。于是她决定搬掉这块石头，把身有异香的香妃处死。

一天，皇太后趁乾隆出去打猎，便把香妃召到跟前。

香妃按皇家大礼拜见了皇太后，而皇太后表现得很冷漠。

香妃说："太后召见臣妾，有何指教？"

皇太后说："你迷惑君王，扰乱朝纲，该当何罪？"

香妃说："请太后息怒，伊帕尔汗进宫后处处小心，从不曾

迷惑过君王，扰乱过朝纲。"她看见许多嫔妃也站在太后身旁，便向她们求救道："请姐妹们说句公道话吧。"

她哪知嫔妃们恨死她了，其中一个还落井下石地说："香妃真够恶毒的，一天，她去勾引皇上，皇上说，太后多有教训，今夜就不去了。太后，臣妾不敢再说了。"

"说，继续往下说！"太后瞪了她一眼。

那个嫔妃跪下说："她说，老不死的妖精！这明明是指太后您呀！"

香妃想替自己辩解。其他几个嫉妒她的嫔妃也一起跪下说："这话臣妾也听到了！"

皇太后的脸由红变白，又由白变青，她恶狠狠地看着香妃说："你还有什么话要说？"

香妃知道自己必死无疑，她含着眼泪说："臣妾进宫后，本想一心一意侍候皇上，谁知众姐妹不容我，编出这些话陷害我。此时此刻，我也再无话可说。乞求太后等我死后，让家里人把我的尸体抬回南疆吧。"说完，香妃喝下了毒酒。

香妃死后不久，乾隆打猎回宫了。一进宫，他便得知爱妃被太后赐死了，气得几天没用御膳。后来，他得知香妃临终留了遗言。可是再三考虑，乾隆觉得把香妃遗体运回南疆不妥，于是他就命人将香妃穿过的衣服、鞋袜送回喀什，并将这些遗物葬于此地。就这样，在喀什也有一座香妃墓，不过是一座无人墓罢了。

张飞卖肉

　　有这么一段关于张飞与关羽的故事。那时，张飞家开了一间猪肉铺，他把肉拴到自家门口的井里，用千斤石板把它盖好，并在石盖上写了这么一句话："能举此石者，割肉白吃也！"

　　那天，关羽到集市上去卖高粱、绿豆。他赶着两头小毛驴儿，走到张飞的肉铺门口，见那石盖上有字，便向前走去。关羽一手掀起千斤石，一手提出肉来，一声没吭就赶着驴赶集去了。

　　正巧那天张飞不在家。张飞的夫人看见关羽伸手取肉，知道他的力气很大，所以没敢说话。张飞回来后，她就一五一十地把这件事跟他讲了。张飞一听，气得直跳，立刻追到集市去。

　　别看张飞是个大老粗，他也有细心的时候。他想自己明明在石板上写着"能举此石者，割肉白吃也"，要是跟人家理论，自己没理。但是要不给他点厉害看看，以后他要老是白吃肉，那也不像话。于是他走到关羽的粮食摊儿上，用两个指头去碾他的粮食粒儿，碾了一个又一个，没多大工夫，就把关羽的一簸箩绿豆碾成了豆面儿。关羽一看，原来是张飞，知道他是不服气自己白吃了他的肉，故意来这儿找碴儿。于是他说："你

要买多少绿豆,买回去再碾成面儿,行吗?"不料张飞正在气头儿上,听了关羽的话,举起拳头给了他一下子。关羽一见张飞动手,气得胡子都抖起来了。他把外衣一脱,就上前迎敌。这两人拳打脚踢,由东街打到西街,由西街又打到东街,直打得天昏地暗,日月无光。

正巧,这天刘备也来赶集卖草鞋。他见这两条大汉打得你死我活,可是没有一个人上前拉架,就想去劝解。别人说:"瞧你这瘦巴郎,活腻烦了吧。你上前去,还不被他们打死?"刘备才不听这一套呢!他上去就把他们给拉开了。刘备一手支开一个,关羽和张飞急得直跺脚,谁也打不着谁。

经刘备这么一劝,两人也就不打了。事后,张飞和关羽都对彼此产生钦佩之感,二人成为好兄弟。后来,在刘备的倡议下,三人在桃园结义。

柳毅传书

仪凤年间,书生柳毅到京城长安赶考。他名落孙山后,便准备回湘水边上的老家去。那时,他的同乡在泾阳居住,他就去辞行。走了几里路,忽然一群鸟直飞过来,他的马受到惊吓便飞跑出去,一口气跑了好几里路,才停下来。

下马后,他看见一个女子在路旁放羊,觉得很奇怪,于是仔细打量了一番。这姑娘长得非常漂亮,可是双眉紧锁,面带愁容,穿戴得很破旧。她出神地站着,好像在等待什么。柳毅好奇地问她:"你有什么事,受了什么委屈吗?"女子表现出悲伤的神情,向柳毅道谢。然后她抽抽咽咽地边哭边说:"我是个不幸的人,今天蒙您关怀,真不敢当。但是我的怨恨已刻骨铭心,即使觉得惭愧也不能不说了。我是洞庭龙王的小女儿,父母将我嫁给泾川龙王的二儿子。但丈夫生活放荡,厌弃我,虐待我。后来,我告诉了公婆,公婆溺爱自己的儿子,管不住他。他们不但不听我诉说,还把我赶到外面,弄成现在这个样子。"说完,她不停流泪,难受极了,接着又说:"洞庭湖离这里很远。我抬头望去,看着无边无际的天空,无法传达音

信。眼睛盼得都酸了,希望也没了,家人却不知道我在受苦。现在我想拜托你帮我捎封家信。"柳毅听后,便说:"我是个讲义气的人。听了你的话,我心里非常难受,恨不得身上能长出翅膀,飞到那里去。可是洞庭湖又广又深,我怎能到龙宫去送信呢?我不认得通往龙宫的路啊!再说,我一个凡夫俗子怎么能进得去呢?"

龙女一边哭泣,一边道谢,说:"龙宫跟人世的京城并没有什么不一样。"柳毅请她说得详细点儿。龙女说:"洞庭湖的南岸,有一棵大橘树,当地人称它为'社橘'。您到了那边,解下腰带,缚上一点东西,然后在树干上敲打三下,马上会有人出来招呼你。你跟着他走就行。希望你除了捎信之外,再把我在这里受的罪说给我家里人听听,千万不要忘了啊!"柳毅说:"我一定帮你办到。"龙女从衣襟里拿出信,向柳毅拜了几拜,把信交给了他。然后她望着东方,又掉下了眼泪,难过极了。柳毅把信放进行囊,又问龙女:"不知你为何在此牧羊?"龙女说:"这些不是羊,而是'雨工'。"柳毅问道:"什么叫'雨工'呢?"龙女说:"就像雷神、电神一样,它们是掌管下雨的。"柳毅回头一看,只见它们喝水吃草的样子很特别,可是它们看起来跟羊并没有任何不同之处。柳毅又对龙女说:"如今我给你捎了家信,日后你回到洞庭湖,可别避开我不见面啊。"龙女说:"我不仅不避开,还会像亲戚一样招待你呢。"柳毅向她告别朝东走去。没走几步远,他回头一望,龙女和羊

都不见了。

当天傍晚，柳毅到泾阳与朋友会了面，然后告辞回乡。

大约一个月后，柳毅回到家乡，去洞庭湖访问。在洞庭湖的南岸，他找到了那棵社橘。于是他解下腰带，在树干上敲打了三下，等待动静。不一会儿，有个武士从波浪中跳出来，向柳毅行礼后，问道："贵客是从何方而来？"柳毅说："我特地来拜见龙王。"于是武士伸手一指，水里就分开一条路来。他带着柳毅向前走去，并吩咐道："请您闭上眼睛，很快就到了。"柳毅依照他的话，没多大工夫便到了龙宫。

一进龙宫，映入眼帘的便是一座座高楼大殿。院子里种着奇花异草，各式各样，无所不有。武士让柳毅在大殿里稍等片刻，说："请贵客在这里耐心等待。"柳毅问："请问这里是什么地方？"武士说："这里是灵虚殿。"柳毅仔细一看，觉得这里全是奇珍异宝。殿柱是用白璧琢成的，台阶是用青玉铺砌的，坐床是用珊瑚镶制的，帘子是用水晶穿成的，绿色的门楣上还镶嵌着琉璃，彩虹似的屋梁上装饰着琥珀。一片奇光异彩，说也说不尽。

可是等了很久龙王还没出来。柳毅问那个武士："请问洞庭龙王在哪里？"武士说："我们的大王在玄珠阁，正与太阳道士谈论《火经》，再过片刻工夫方可完毕。"柳毅问："请问什么叫《火经》？"武士说："大王是龙，龙仗着水显示神通，拿一滴水就可以把丘陵山谷淹没。太阳道士是人，人使用火来

表现本领，用一把火就可以把阿房宫烧成平地。水火的作用不同，变化也不同。太阳道士精通人间的道理，所以我们的大王请他来，听听他的意见。"

话刚说完，只见宫门大开，黑压压一大群侍从簇拥着一位身穿紫袍、手执青玉的人进来了。武士忙起身上前引见说："这就是大王。"洞庭龙王打量了一下柳毅，问："你是从人间来的吗？"柳毅回答："是。"他边说边向洞庭龙王行礼。洞庭龙王也回了礼，请他坐下。洞庭龙王说："水底的宫殿隔绝人世，先生不怕路远来到这里，请问有什么事吗？"柳毅说："我名叫柳毅，原是大王的同乡，住在湘水岸边，在从长安回乡的路上，偶然经过泾水岸边，看见大王的爱女在郊野牧羊。她憔悴得不成样子，叫人看了心酸。于是，我就问她为什么会这样。她向我诉苦道，丈夫虐待她，公婆又一点都不体谅，所以弄到这个地步。她哭得很伤心，实在叫人同情。她托我捎封家信给您，我答应了，所以今天来到龙宫。"说着，他拿出信来，交给了洞庭龙王。

洞庭龙王看完信后，禁不住用袖子遮住脸哭起来，说："这是为父的过错。我从不关心外面的事情，就连自己女儿受罪也不知道。您只是个不相关的路人，却能仗义相救。这种大恩大德，我没齿不忘！"说完，他又悲痛了好久，连旁边的人也感动得直流泪。稍后，洞庭龙王把信交由小太监送进宫去。过了一会儿，宫里传出一片哭声。洞庭龙王急忙吩咐侍从："快去告诉宫里，不要哭出声来，免得让钱塘君知道了。"柳毅问："请问钱塘君是谁啊？"洞庭龙王说："是我的爱弟，他做过钱塘龙君，如今已被罢官免职了。"柳毅又问："为什么怕他知道呢？"洞庭龙王说："因为他发起脾气会闯祸的。唐尧时代闹过九年洪水，就是他发怒造成的。最近他跟天将吵了架，又发大水把五座大山包围住。天帝因我历来有些功德，才宽恕了舍弟的罪过，但还是把他拘禁在我这里，钱塘的人一直在等他回去。"

刚说到这里，便听得天崩地裂一声响，连宫殿都被震得摇动起来，一阵阵的烟气云雾直往上冲。只见一条赤龙，身长一百来丈，闪电似的目光，血红的舌头，鳞甲似朱砂，鬃毛似火焰，脖子上拴着金链，链子系在玉柱上，霹雳和闪电盘绕在它的全身，雨雪和冰雹同时纷纷落下。它冲破长空直飞而去。柳毅被吓得扑倒在地上。洞庭龙王急忙亲自把他扶起，说："不用害怕，不要紧！"柳毅好一会儿才镇定下来，告辞说："我想活着回去，免得再碰上他。"洞庭龙王说："一定不会再这样了。他去的时候很可怕，回来的时候就不同了。希望您能留在这里，让我略尽地主之谊。"于是他吩咐摆开宴席，互相举杯敬酒，礼节十分周到。

过了一会儿，忽然一阵暖风吹了起来，涌现出来朵朵彩云。在一片欢乐的气氛里，出现了精巧的仪仗队，紧接着便是乐队开始吹奏动听的乐曲。无数的侍女有说有笑，正陪伴着一

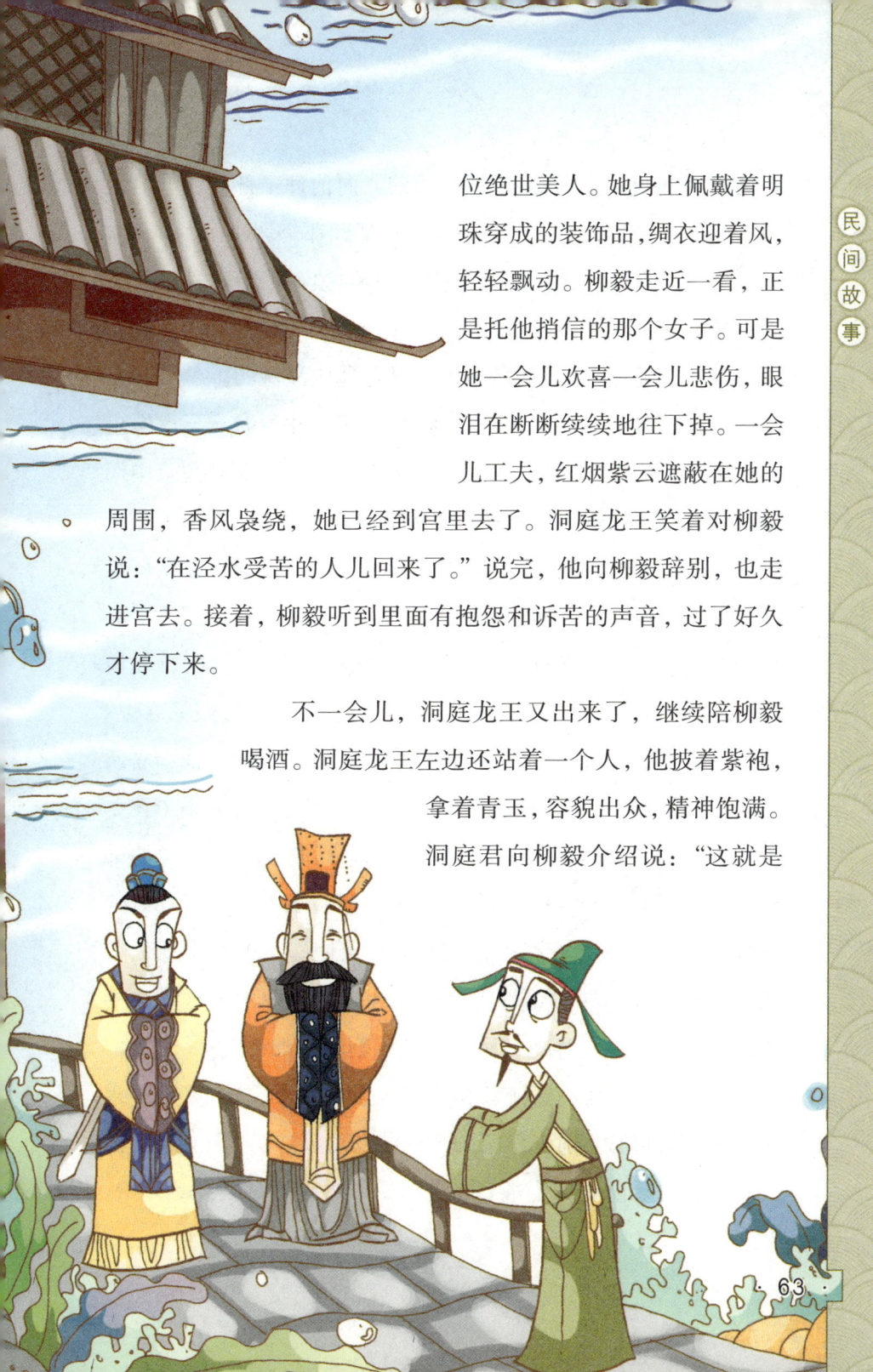

位绝世美人。她身上佩戴着明珠穿成的装饰品,绸衣迎着风,轻轻飘动。柳毅走近一看,正是托他捎信的那个女子。可是她一会儿欢喜一会儿悲伤,眼泪在断断续续地往下掉。一会儿工夫,红烟紫云遮蔽在她的周围,香风袅绕,她已经到宫里去了。洞庭龙王笑着对柳毅说:"在泾水受苦的人儿回来了。"说完,他向柳毅辞别,也走进宫去。接着,柳毅听到里面有抱怨和诉苦的声音,过了好久才停下来。

不一会儿,洞庭龙王又出来了,继续陪柳毅喝酒。洞庭龙王左边还站着一个人,他披着紫袍,拿着青玉,容貌出众,精神饱满。洞庭君向柳毅介绍说:"这就是

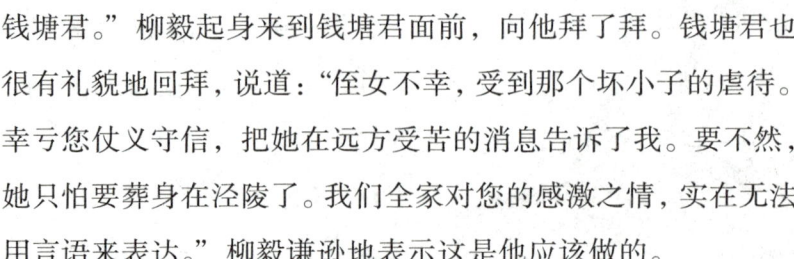

钱塘君。"柳毅起身来到钱塘君面前,向他拜了拜。钱塘君也很有礼貌地回拜,说道:"侄女不幸,受到那个坏小子的虐待。幸亏您仗义守信,把她在远方受苦的消息告诉了我。要不然,她只怕要葬身在泾陵了。我们全家对您的感激之情,实在无法用言语来表达。"柳毅谦逊地表示这是他应该做的。

钱塘君又转过身对他的哥哥说:"我刚才辰时从灵虚殿出发,巳时到达泾阳,午时在那边战斗,未时又回到这里。中间曾赶到九重天上向天帝报告,天帝知道侄女的冤屈后,便原谅了我的过错,我以前受的责罚也被赦免了。可是我实在太气愤了,走的时候来不及向您请示,惊扰了宫里,冒犯了贵客,心里惭愧得很,真不知如何是好!"他退后一步,再次行礼请罪。洞庭龙王问:"这一次战斗杀害了多少生灵?"钱塘君说:"六十万。"洞庭龙王又问:"糟蹋了多少庄稼呢?"钱塘君回答:"方圆八百里。"洞庭龙王问:"那个无情无义的小子在哪里?"钱塘君回答:"被我吃掉了。"洞庭龙王露出不悦的神色,说:"那坏小子存心不良,确实是难以容忍,可是你一味地任性下去,也太鲁莽了,幸亏天帝英明,了解我女儿的冤屈,否则,我的罪责可就大啦。从今以后,你别再这样鲁莽了!"钱塘君拜了拜,表示会听从洞庭龙王的话。

这天晚上,他们请柳毅在凝光殿住下。第二天,又在凝碧宫设宴款待柳毅。前来作陪的亲戚朋友很多,宴会开始前,摆开了盛大的乐队,席上准备了美酒,放着佳肴。宴会一开始,人们吹起号角,打起军鼓,只见旌旗招展,刀枪齐举,一大队武士在右边跳着舞。一个武士从队伍中走出来,上前报告:"这是《钱塘破阵乐》。"在刀光剑影里,大家奔跑着,那种英武气概,那种紧张动作,让人看后,感觉惊心动魄。还有雅乐清音,绫罗珠翠,一大队美女在左边歌舞着。一位美女从队伍中走出来,上前报告:"这是《贵主还宫乐》。"歌声乐声,缠缠绵绵,好像是在诉说哀怨,又像是表达爱慕,众人听后,感动得流下泪来。表演结束后,洞庭龙王很高兴,就拿出绸缎,赏给歌舞队。然后又让大家坐在一起,尽情喝酒欢乐。当有了些酒意的时候,洞庭龙王敲着桌子唱道:

"高天苍苍啊,大地茫茫。
各人有各人的志向啊,怎么能忖量!
狐假虎威啊,鼠子也乘机猖狂。
大发雷霆啊,小丑怎敢阻挡?
感谢君子啊,信义昭彰。
使我骨肉啊,生还故乡。
高情厚谊啊,永远难忘!"

洞庭君唱完,钱塘君也唱道:

"姻缘原由天命啊,生死也有定数,

这个不该做他的妻子啊，那个不配做她的丈夫。
可怜她站在泾水边啊，谁知道满怀悲苦！
风霜吹打鬓发啊，雨雪落满衣裤。
多仗君子啊，带来家书，
使我一家啊，团聚如初。
为您祷祝啊，朝朝暮暮。"

钱塘君唱完后，洞庭龙王与他一同站起来，向柳毅敬酒。柳毅急忙接过酒杯，把酒喝完，接着，他也斟了两杯回敬两位龙王。他唱道：

"碧云轻轻飘动啊，泾水缓缓东流。
可怜那美人啊，像风雨里的花一般憔悴、哀愁。
远远地捎封信啊，给您解除深忧。
冤屈果然洗雪了啊，回家把天伦之乐享受。
多蒙款待啊，佳肴美酒。
怀念老家啊，难以久留。
将要告辞了啊，你们的情意挂我心头！"

唱完，大家都欢呼起来。洞庭龙王拿出一个碧玉盒，里面放着一支"开水犀"，钱塘君拿出一个红色的琥珀盘，盘里放着一串夜明珠，他们都把礼物送给柳毅。柳毅推辞了几次，才道谢收下。接着，宫里的人都拿着珠玉绸缎，放在柳毅的旁边作为礼品,这些礼物五光十色,一时间堆得像小山一样。柳毅含笑向四周作揖道谢,应接不暇。等到酒喝够了,宴会快接近尾声时,柳毅起身告辞,这天晚上,他仍旧宿在凝光殿里。

　　第二天,他们又在清光阁开宴。钱塘君借着酒意,红着脸,对柳毅说:"您听到过坚石只能打碎不能卷曲,义士只可杀死不可羞辱这句俗语吧?我有句心里话要跟您说。要是您答应呢,大家都高兴;要是您不答应呢,大家心里也不好受。不知道您认为如何?"柳毅道:"请让我先听听看。"钱塘君说:"泾阳小龙王的妻子,就是洞庭龙王的爱女。她有善良的性情,美好的品质,亲戚们都很敬重她。可她不幸受到那个坏小子的凌辱,现在总算脱离了苦海、断绝了关系。我们打算高攀一位像您一样有道义的人,世世代代成为亲戚,使受到恩德的人懂得怎样报恩,怀着仁爱的人懂得怎样施爱,这难道不是君子行事有始有终的道理吗?"柳毅听后,突然站起身来,笑了笑说:"我真不知道您钱塘君原来这样不明事理!我早先听说您气盖九州,水漫五岳,来宣泄自己的愤怒;又看见您挣断金链,扯倒玉柱,去解救处于危难中的人,我想世界上刚直英明的人,没有谁能比得上您。冒犯您的,您会拼了命去抵抗他;对您有恩的,您会不惜生命去报答他,您真是个大丈夫啊!可想不到,现在音乐齐奏、亲友欢聚之时,您竟会不讲道理,用威势来吓唬人,这不是太叫我失望了吗?要是我在巨浪怒涛中碰到您,您掀动着鳞须,挟带着云雨,逼得我没有活路,我就

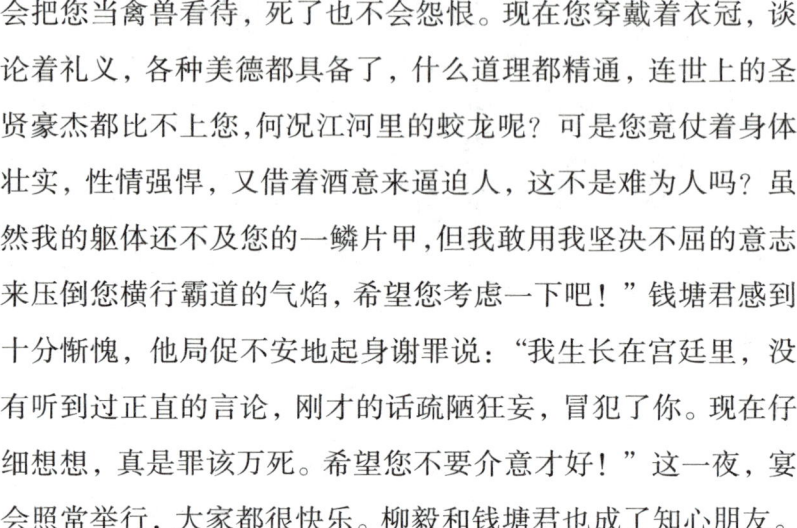

会把您当禽兽看待，死了也不会怨恨。现在您穿戴着衣冠，谈论着礼义，各种美德都具备了，什么道理都精通，连世上的圣贤豪杰都比不上您,何况江河里的蛟龙呢？可是您竟仗着身体壮实，性情强悍，又借着酒意来逼迫人，这不是难为人吗？虽然我的躯体还不及您的一鳞片甲，但我敢用我坚决不屈的意志来压倒您横行霸道的气焰，希望您考虑一下吧！"钱塘君感到十分惭愧，他局促不安地起身谢罪说："我生长在宫廷里，没有听到过正直的言论，刚才的话疏陋狂妄，冒犯了你。现在仔细想想，真是罪该万死。希望您不要介意才好！"这一夜，宴会照常举行，大家都很快乐。柳毅和钱塘君也成了知心朋友。

第二天，柳毅就告辞回去。洞庭龙王的夫人另外在潜景殿设宴饯别。宫里的男女仆妾都出来作陪。夫人流着泪对柳毅说："小女受到您的大恩，我自恨没能报答您，可您现在就要离开了！"她又叫龙女在宴席上向柳毅拜谢。夫人还说："这一分别，不知何时才能再见面？"柳毅昨天虽然拒绝了钱塘君的请求，可是此刻在宴席上，不免露出留恋、悔恨的神色。宴会结束了，柳毅辞别众人。整个宫里的人都很难过。大家送给柳毅许多奇珍异宝，很多连名字也叫不出来。柳毅按着原路回到湖边，只见有十多个人挑着行李跟着他走，陪送到家才离开。

后来，柳毅来到扬州的珠宝店里，把龙宫里的人送他的珍宝卖掉了一些。

还没卖掉百分之一，他就成了富翁。那些淮西有名的富贵人家都比不上他。柳毅娶了个姓张的姑娘，不久生病死了。又娶了韩家的一位姑娘，可几个月后又死了。柳毅便搬到金陵去住。他没有妻子，常常感到寂寞难过，想重新找一个配偶。有个媒人对他说："有位姓卢的姑娘，本是范阳人。父亲名叫卢浩，曾经做过清流县县官，晚年喜欢仙道，独自进山修行，现在不知道到哪里去了。母亲郑氏。这位卢家姑娘前年嫁给清河张家，不久丈夫就死了，母亲怜惜她年纪轻轻，长得聪明美丽，想给她找个适当的人再嫁。不知道您意下如何？"柳毅便选定好日子，举行了婚礼。由于男女两家都十分富裕，仪式上用的礼物极其丰盛豪华，金陵的人看了，没有不羡慕的。

婚后一个多月，一天傍晚，柳毅走进房里，仔细看看妻子，觉得她很像那个龙女，可是又比龙女长得秀丽丰满。他就跟她谈起以前的事。

妻子对他说："人世间怎么会有这样的事呢？对了，我要告诉你，如今我已经怀孕了。"柳毅从此格外关心她。后来，妻子生下孩子，到孩子满月那天，她换了衣服，打扮得特别漂亮，邀请亲戚来庆祝。在宴会上，她含笑问柳毅："您可记得过去的情形吗？"

柳毅说："以前我曾经给洞庭龙王的女儿捎过信，到现在还忘不了。"

妻子说："我就是洞庭龙王的女儿啊。以前在泾阳含冤受苦，多亏你才被解救。我感激你的恩德，一心要报答你。后来

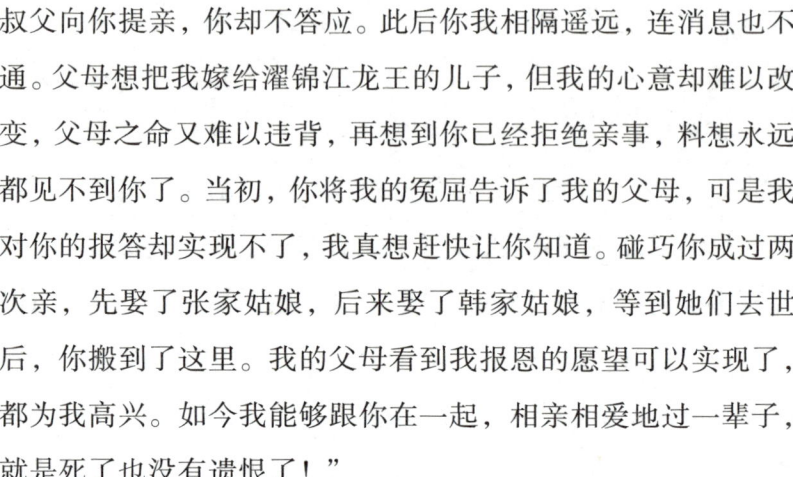

叔父向你提亲，你却不答应。此后你我相隔遥远，连消息也不通。父母想把我嫁给濯锦江龙王的儿子，但我的心意却难以改变，父母之命又难以违背，再想到你已经拒绝亲事，料想永远都见不到你了。当初，你将我的冤屈告诉了我的父母，可是我对你的报答却实现不了，我真想赶快让你知道。碰巧你成过两次亲，先娶了张家姑娘，后来娶了韩家姑娘，等到她们去世后，你搬到了这里。我的父母看到我报恩的愿望可以实现了，都为我高兴。如今我能够跟你在一起，相亲相爱地过一辈子，就是死了也没有遗恨了！"

说到这里，她哭了起来，接着，又对柳毅说："我开始没有对你讲明，因为知道你并不重视女色；如今说了出来，因为看到你还十分想念我。我担心自己身份低微，不能永远获得你的爱情，所以想借着你爱惜孩子的情分，来寄托白头偕老的愿望，不知道你是怎么想的？我的心里顾虑重重，十分难受。记得你给我捎信那天，曾经笑着对我说：'将来你回到洞庭，可别避开我不见面啊。'不知道那时候，你会想到有今天这样欢聚的事情吗？紧接着，叔父向你提亲，你又坚决不答应。你是真的认为不可以呢？还是一时间的意气所为呢？你倒说说看。"

柳毅说："这真是命中注定的啊！当初我在泾阳碰见你，看到你冤苦憔悴的模样，心里确实愤愤不平。我暗自决定，只为你传达冤苦，其余的事情都不会考虑。当时说的将来别避开我，也只是随口说说罢了，哪会有什么心思呢？等到钱塘君强迫我娶亲，因为在道理上讲不过去，这才激起了我的愤怒。你想，我的本意是仗义救人，哪会有杀死别人娶他妻子的道理？这是第一点。我平日里的志愿是坚持正义，哪会有违背自己心意向人屈服的道理？这是第二点。而且当时只是想到就说，没有顾及后果，我想只要行为正当，就算会带来灾难也决不后悔。可是到了分别那天，看到你依依不舍的样子，我的心里又开始悔恨难过。可由于时机不对，没法答谢你的一片情谊。唉，如今，你已是卢家的女儿，又住在人间，那么我当初的意愿并没有错啊。从此以后，我俩永远相亲相爱，心里不会再难受了。"

妻子很感动，痛哭了好一会儿，又对柳毅说："您别以为我不是人类，心肠就不一样，其实我是懂得报恩的。要知道龙能长寿万年，现在您也可以跟我一样，水里岸上，我们都可以住。您不会以为我是胡说吧？"

柳毅赞叹地说："我不料做了龙宫的驸马，又踏上了神仙的阶梯。"

夫妻俩同去朝见洞庭龙王，礼节十分隆重。后来他们在南海住了四十年，住宅、车马、服饰非常豪华，就连王爷的家里也比不过他们。柳毅的亲族也都得到了不少好处。柳毅的年龄一年年增加，容貌却不见衰老，南海的人看了都觉得惊奇。

开元年间，皇帝一心想做神仙，到处寻访会道术的人。柳毅不能安居，就和妻子一起回到了洞庭。此后的十几年，谁都没有见过他的踪影。

开元末年，柳毅的表弟薛嘏原在京城附近做县官，后降职到东南地区。他坐船经过洞庭湖，正眺望着晴空水色时，忽然看见远远的波浪里涌现出一座青山来。船夫们都很害怕，说："那里原来并没有山，恐怕是水妖在作怪吧。"

说话的时候，那只船已经靠近了山，只见从山边飞快划出一条彩船，向薛嘏迎了过来。彩船里有个人喊道："柳公差我们来等候您。"薛嘏忽然记起了柳毅的事，赶快离船走到山下，撩起衣袍，快步上山。山上有宫殿，像人世间一样。柳毅站在宫殿当中，前面排列着乐队，后面陪侍着漂亮的侍女，宫里的陈设布置，要比人世间好上许多倍。柳毅讲的话更玄妙了，他的容貌也更年轻了。

一见面，柳毅便走下台阶迎接薛嘏，握着他的手说："离别没有多久，你的头发已经花白了。"薛嘏苦笑着说："老哥做了神仙，我不久便将成为枯骨，这是命中注定的啊。"柳毅就拿出五十颗药丸给薛嘏，说："吃一颗药丸，可以添寿一年。过了五十年，你再到这里来，别老待在人间自寻苦恼啊。"摆酒欢宴之后，薛嘏告辞回去。

从此，柳毅就没有消息了。

薛嘏常把这件事说给别人听。大约又过了四五十年，薛嘏也不知去向了。

陇西李朝威讲了这个故事，感叹地说："五虫中最高级的一定会有灵性，它们跟其他虫类的区别，大家都能看得到。人是裸虫之长，跟鳞虫也讲信义。洞庭龙王气度宏大，钱塘君果敢坦率，他们的行事应该传述下去。薛嘏在口头上歌颂过柳毅的事，却没有写成文章，只有他自己能够接近仙境罢了。我认为柳毅这些人都很有义气，因此写了这一篇传记。"

苟杳与吕洞宾

纯阳子吕洞宾原名叫做李岩，唐朝人，家住山西永乐县。他家世代是读书人，他也跟族人一样一起参加过科举考试，可是屡次失败，没有考中。他灰心丧气，从此不再打算考功名了，转而喜欢云游四海，因而，结交了不少朋友。苟杳就是其中的一个。苟杳家境贫寒，父母双亡，从小孤苦伶仃。吕洞宾觉得他很可怜，就让他搬到自己家来住。

吕洞宾虽然自己不想考科举，却希望苟杳能考上进士，便对他说道："兄弟，你来我这里，只管专心读书，别的事情你都不用担心。"苟杳听了很感动，双膝跪拜道："哥哥肺腑之言，小弟终生难忘。"从此刻苦攻读。

吕洞宾因灰心功名，每日不是会客，就是出游，有时也邀苟杳作陪，时间一长，大家就都混熟了。

有一天，吕洞宾的家里来了一位客人叫林某，林某有一个妹妹，长得非常好看。这林某见苟杳一表人才、脱俗不凡，便有心将妹妹许配给苟杳。他先把此意对吕洞宾说了。吕洞宾道："这是苟杳的终身大事，我岂能做主，还是慢慢说罢。"林某怕把事情耽搁,就直接去对苟杳说明。

苟杳一听,十分高兴,马上答应下来。他转而一想,叹道:"这番美意只怕我消受不了,你看我吃住尚且靠的是吕大哥,哪里还娶得起你家妹子,只好谢过了。"

谁知林某哈哈一笑,说道:"苟杳弟你怎说此话。我一言既出,驷马难追。你如果不答应,我回去怎么向小妹交代?"

苟杳踌躇一下道:"足下盛情,小弟感激不尽,此事还是同吕大哥说知才好!"

林某道:"你只管好言去说,吕先生最重义气,一定会答应的。"

苟杳果然将此事说与吕洞宾,不料吕洞宾双眉紧锁,反问道:"贤弟莫非真有此意?"

苟杳道:"推托不过,只好答应。"

吕洞宾见他主意已定,便说:"也罢,我也听说林家小姐很贤惠,不过你要答应我一件事。"苟杳忙问是什么事,吕洞宾说道:"成亲之后,我要陪新娘子先住三夜,怎么样?"

一句话,问得苟杳心凉了半截,半天说不出话来。吕洞宾又说:"区区小事,难道贤弟不肯答应吗?"

苟杳实在是没有办法了,他又气又恨,想道:原来他竟是个禽兽不如的伪君子。他不想答应,又不忍心丢了这门亲事,要是答应,又觉得对不起林小姐。想来想去,只得咬咬牙说道:"小弟答应,兄长请便。"

吕洞宾并不答话，挥袖而去。苟杳心里暗暗叫苦，不由得双膝跪下，对天哭着说："娘子，你就委屈三夜吧。"

娶亲这天，非常热闹，吕洞宾大摆酒宴，直到很晚才散。掌灯以后，苟杳躲到了一旁，吕洞宾进了洞房，看了新娘子一眼，只见她头戴红纱，坐在床上。吕洞宾没有说话，坐在一旁的灯下看书。刚开始，新娘子还以为新郎读书专心，心里十分高兴。等到半夜，仍不见丈夫走到床边来，心中不免烦恼，想要说两句，又觉得不好意思，后来实在无奈，就和衣睡了。等她醒来，天已亮了，丈夫早已不见了。接下来的两天，同样是这样。林小姐不由得暗暗落泪，伤心道："我命好苦，嫁了这样一个郎君。"

却说苟杳耐着性子，窝着一肚子火，好不容易过了三天。第四夜，他刚进洞房，只见林小姐悲悲切切地正在垂泪，苟杳只得忍气吞声上前赔礼道："娘子，是我不好，但身不由己，没办法啊，请你原谅。"听了这话，林小姐低头哭道："我问你，什么事情得让你连续三天不上床睡觉，也不说话，只在那边看书呢？为什么晚上来了，白天就不见人呢？"这话问得苟杳目瞪口呆。半天，苟杳才省悟过来，双脚一跺道："原来哥哥的这番用意，是怕我贪图欢乐忘了读书，以此来刺激我。谁知我倒错怪他了。"随即又哈哈一笑说，"哥哥的用心也太狠了。"

小姐正在糊涂，苟杳把事情的经过告诉了她，夫妻俩十分欢喜，都道："吕兄此恩我们将来一定要报。"从此，苟杳日日发奋读书,加倍用功,几年后,果然高中进士,做官去了。

　　苟杳走后,吕洞宾仍然过着清闲日子。一晃又是八九年过去了。有一天,吕洞宾外出,家中不小心失火,等他回来时,早烧了个干干净净,妻子、孩子还是别人救出来的。偌大的一份家业,被烧光了。以前,他有钱的时候,经常资助别人。可是如今,他倒霉了,那时常来的客人倒再也没有来的了,都不愿帮助他。有几个好心的邻居,开始还能接济接济他。可时间一长,别说帮忙,就是上门讨点食物,别人不是给他白眼看,就是指桑骂槐说几句很难听的话。他住在一个小草棚里,经不住风刮雨淋。日子过得十分

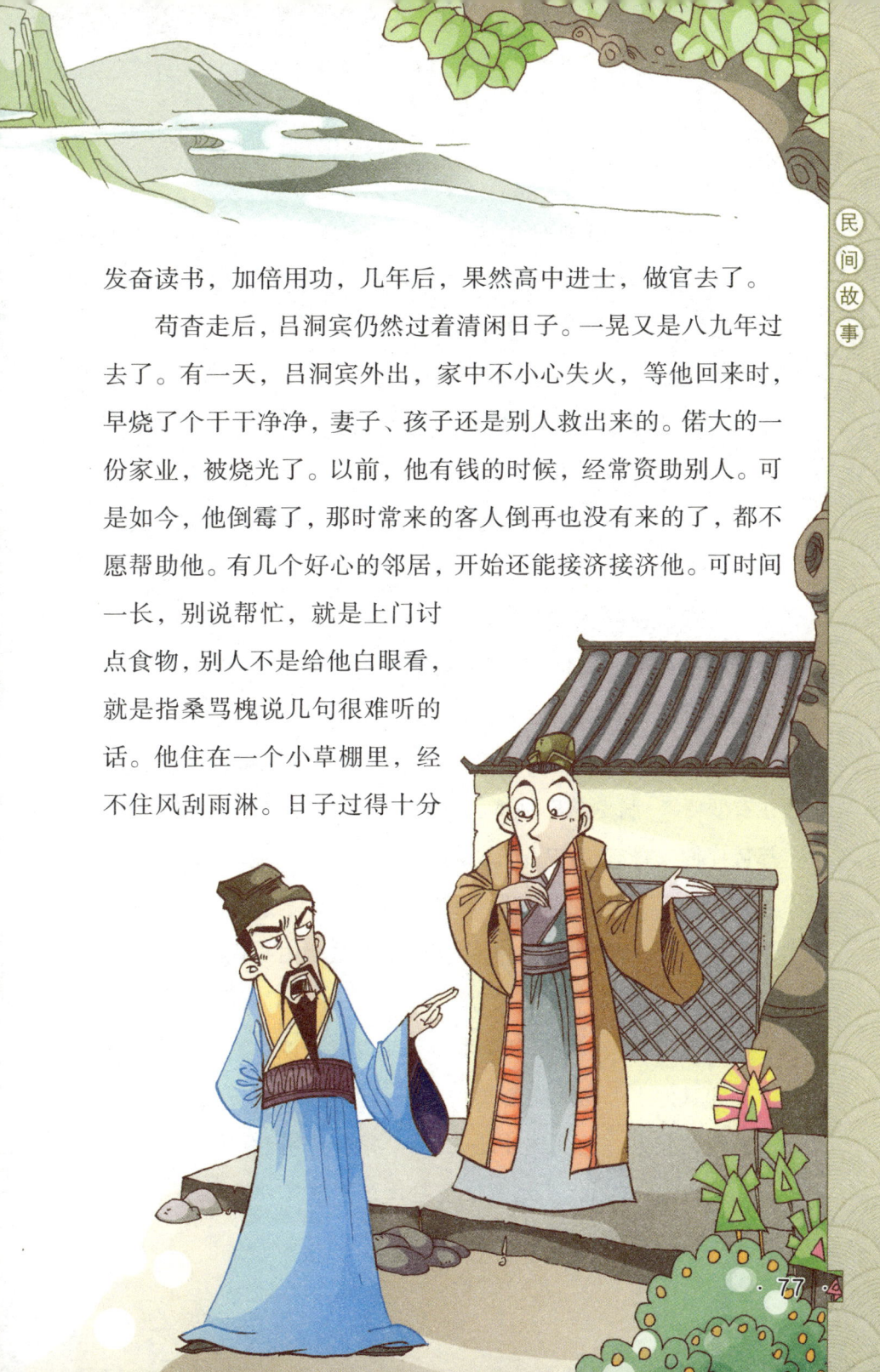

凄惨。

有一天,妻子猛然想起了苟杳,就对吕洞宾说:"苟杳当官,全凭你当年帮助过他,没有我们,他也不会有今日的成就。你为什么不去找他帮忙呢?"吕洞宾本来不想去,经不住妻子再三劝说,况且眼下生活很艰难,只好同意。他说:"你在家里将就讨些饭过日子,我去去就来,少则二十天,多则月余。我对苟杳有大恩,他是不会知恩不报的。"

吕洞宾一路上,饿了就讨些饭吃,渴了就喝些生水,天黑了就在别人屋檐下过夜,一路艰难,终于来到了苟杳府前。家丁向苟杳通报以后,苟杳亲自出来迎接吕洞宾。到了客厅,苟杳拜过吕洞宾,就问道:"哥哥为什么今日落得这般模样?"吕洞宾见问,就把如何失火,生活如何艰辛说了一遍。

苟杳听了,大惊道:"哥哥遭此大难,小弟尚且不知,实在有罪呀。"洞宾谦逊一番,苟杳道:"往后兄嫂吃的穿的,我都替你们安排好。"苟杳又让妻子出来相见,吕洞宾十分高兴。

每日享受着丰盛筵席,不知不觉过了十几天,吕洞宾并不见苟杳回话,以为是苟杳公务繁忙,他虽然内心焦急,却也没说什么。

又过了几天,他见到苟杳了。苟杳只是谈些官场见闻,并不提起其他事。吕洞宾心想:莫非苟杳负心,专门延迟日子,不愿帮助我了。他气冲冲地说道:"我今日就走。"

苟杳道:"以兄弟之意,还是让哥哥享几天福再走。"

"有福你自己享得了，没想到原来你是个忘恩负义的东西！"吕洞宾大骂一声，出门就走。

吕洞宾又气又恨，骂骂咧咧，一路不停，不知不觉天已快黑了。如今他又困又饿，身上连一文钱都没有。他实在走不动了，就走到路边歇了下来。

正在这时，过来一个路人，吕洞宾便把苟杳忘恩负义的事向路人说了一遍。路人听了，很同情，便道："苟杳此人果然无情无义，我看你倒是可怜，路途又远，身无分文，如何回去？我这里有几两纹银，你拿着当路费吧。"

素不相识，吕洞宾哪里肯接受。那路人却硬塞给他，不留姓名，扬长而去。

吕洞宾回到家后，发现原来的茅草房不见了。他大吃一惊，忙问邻居，邻居将他上下打量一番后，就躲躲闪闪地往前一指，说："你家已盖起新房，搬走了。"说罢赶紧跑进家里，半闭门扇往外张望。吕洞宾觉得很奇怪，但也没有多问，就不顾一切地向新屋跑去。进了大门，他又大吃一惊：房子的确是新盖的，但大门两边贴着白纸，分明是死了人。

吕洞宾慌了，直冲屋内，只见屋中停放一个大红棺木，妻子全身披孝，号啕痛哭。看到这情景，吕洞宾倒怔住了，过了一会儿，他才轻轻叫了一声娘子。

那妇人扭身一看，见丈夫回来，一阵害怕，哆哆嗦嗦地叫道："你，你是人还是鬼？"

吕洞宾问道:"娘子怎么说出这样的话,我好生生回来,怎么会是鬼呢?"

那妇人端详了良久,才长出一口气道:"真是你回来了,吓死我了。前天中午,我坐在家里,忽然听到门外一阵吵闹,一伙人抬着一个棺材进来了,说是你在苟杳那里得了重病死去了。谁知你还活着。"说着又哭了。

吕洞宾听了,知道是苟杳玩的把戏,更加恼怒,便把去寻苟杳的事对妻子说了一遍,说完又把苟杳骂了一顿。

妻子道:"你走后不久,来了几个人,说是你在外的朋友,因你染病不能归来,先帮咱们盖起了房子,房子一盖好,他们就都走了。"

吕洞宾听了,感到十分诧异,觉得这是个怪事。他走到棺材旁边,将棺盖揭起,只见满棺金银珠宝,哪有死人。上面放有一纸,吕洞宾拿起一看,上面写着:"苟杳不是负心郎,路送银,家盖房;你让我妻守空房,我让你妻哭断肠。"

吕洞宾这才如梦初醒,懊悔自己气量狭窄,随即也苦笑一声:"贤弟,你这一帮,可帮得够狠的。"此后,吕、苟两家往来更加频繁,感情更加深厚了。

人们常说的"苟杳吕洞宾,不识好人心"讲的就是这个故事。

宝 莲 灯

　　西岳华山是我国的五岳名山之一。它有东峰朝阳、南峰落雁、西峰莲花、北峰云台、中峰玉女五座山峰。这五座山峰如花瓣般盛开在关中大地上，十分美丽。因此，古人称它为"花山"，后来叫作"华山"。这里还有段感人的故事呢。

　　三圣母是一位仙女，美丽动人，是掌管华山的女神。她住在莲花峰顶的圣母殿里，身边有一盏王母娘娘赠送给她的镇山之宝——宝莲灯。

　　只要宝莲灯大放异彩，不管哪路妖魔，哪方神仙，都会束手就擒或逃之夭夭。三圣母非常仁慈，常常不辞辛苦，用神灯指引进山迷路或陷入危难的人。

　　这天，大雪纷飞，游人、香客全无。三圣母正独自在殿上轻歌曼舞，忽然看见一个人跨进庙来。她急忙登上莲花宝座，化为一尊塑像。进来的是位进京赶考的年轻书生，名叫刘彦昌，因路遇大雪，想进庙避避。谁知他刚跨进大殿，就被三圣母的塑像深深地吸引了。可惜，这是一尊没有血肉、没有感情和知觉的塑像！

刘彦昌怀着深深的遗憾,抑制不住内心的爱慕之情,取出笔墨,龙飞凤舞地在大殿的白壁上题诗一首:

"只疑身在仙境游,人面桃花万分羞。
咫尺刘郎肠已断,寻她只在梦里头。"

三圣母默默地凝视着刘彦昌,心里十分矛盾:眼前这位年轻书生多么英俊、潇洒、有文采,又对自己满怀深情,自己又何尝不喜欢他呢?可是,一个是上界仙女,一个是下界凡人,又怎能缔结姻缘呢?

雪停了,三圣母目送怅怅离去的年轻人,心中也依依不舍。

再说刘彦昌离开圣母殿没走多远,山中忽然起了大雾,让他寸步难行,紧接着四面又传来狼嗥虎啸。三圣母为单身行路的书生担忧,连忙提着宝莲灯出门观看。只见大雾茫茫一片,突然下面传来呼救声。原来一头猛虎正向刘彦昌扑去。三圣母赶紧用神灯一照,立刻云消雾散,猛虎也受惊逃走了。刘彦昌认出救他的正是三圣母。二人互生情愫,终于走到了一起。

婚后,两人恩爱无比。后来,刘彦昌考期临近,但三圣母已有身孕。上路赶考前,刘彦昌赠三圣母一块祖传沉香,说日后生子可以以"沉香"为名。二人十里相送,难舍难分。

天下没有不透风的墙,三圣母私嫁凡人的消息被她的哥哥二郎神知道了。这二郎神性情专横,头脑古板,觉得妹妹

私自下嫁凡人，不但犯了天规，而且败坏门风，害得他在天庭丢脸。

他怕玉帝一旦问罪，自己受牵连，就毫不犹豫地点兵点将，放出哮天犬，直奔华山来向三圣母兴师问罪。

兄妹俩话不投机，动起手来。无奈三圣母有宝莲灯护身，二郎神总近不了她的身。但打着打着，三圣母忽觉腰酸腹痛。她刚一踉跄，一旁的哮天犬猛地冲上来，一口咬住了宝莲灯。

失去了宝莲灯，二郎神一下子就捉住了三圣母。他命三圣母打消凡心，三圣母坚决不从。二郎神非常生气，一掌把三圣母打入莲花峰下的黑云洞里，让她永远不得出来。三圣母在暗无天日的黑云洞里生下儿子沉香。为防不测，她写下血书放入孩子的怀中，把他托付给土地爷：一个月后在圣母殿里，将孩子交给前来朝山的刘彦昌。

再说上京赶考的刘彦昌一举金榜题名，被封为扬州巡抚。

他走马上任前，特来华山。谁知圣母殿里积满灰尘，四面蛛网，满目凄凉。再看三圣母塑像，虽说容貌依旧，却好像面带愁态，神色忧伤。

刘彦昌正在低头难过，忽然一阵香风吹来，接着他听到有孩子的哭声。刘彦昌猛一抬头，见香案上躺着个婴儿，正挥手蹬脚地哭着。他连忙上前抱了起来，原来是个男婴，脖子上挂着沉香，怀里还揣着血书。

刘彦昌从头到尾读了下来，泪如雨下。原来三圣母遭受大

难，眼前的男婴就是自己的儿子！

刘彦昌哭着把沉香带回扬州，雇了奶妈，把沉香留在自己身边细心抚养。再说沉香一天天地长大，聪明伶俐，身强体壮，也渐渐地懂事了。

十三岁那年，沉香偶然在父亲的箱柜里翻出血书，才知道母亲被压在华山底下。他一心想救出母亲，但父亲对此总是摇头叹气。一天，沉香实在忍不住了，就带了血书，不辞而别，独自上华山救母。

沉香走哇走，脚掌都被磨破了。他历尽千辛万苦，终于走到了华山。

可是母亲在哪里呢？

他放声大哭，悲惨的哭喊在山谷中回荡，惊动了过路的霹雳大仙。好心的大仙看了血书，深为善良的三圣母和苦难的孩子抱不平。霹雳大仙想了想，就答应带沉香去找母亲。

沉香催霹雳大仙赶紧上路。于是霹雳大仙前面行走如飞，沉香后面紧紧相随，不敢落下半步。

走着走着，前面出现一条大河，只见霹雳大仙一飘就过去了，河上没有桥，也没有船，但沉香想也没想，就奋不顾身地跳下河，想游过去追赶霹雳大仙。谁知这条河不是一般的河，而是天河。沉香跳到天河里，被天河水冲洗，很快脱胎换骨，变得力大无比。

霹雳大仙又告诉他："前面山里锁着一把神斧，有了神斧才能劈开华山。"沉香直奔过去,只见那里燃着烈火,一团团火焰直往外蹿。沉香一心只想取神斧,什么也顾不上了,纵身就往烈火里跳。谁知里面并没有火,只见一把神斧锁在山崖上,闪耀着红光。沉香一步跨了过去,扭断锁链,取下神斧。

有了神力和神斧,沉香谢过霹雳大仙,再次上华山救母。他来到华山黑云洞前,大声呼唤娘亲,声声穿透重重岩层,传入三圣母的耳中。

三圣母知道儿子来救自己,激动不已。但她自知哥哥二郎神神通广大,当年大闹天宫的孙悟空也败在他手中,如今他又有了宝莲灯,法力更加高强了。而沉香年幼,哪里是他舅舅的对手呢?无奈,三圣母叫儿子不要轻举妄动,还是去向舅舅二

郎神求情。

　　沉香来到二郎神庙,向舅舅二郎神苦苦哀求。谁知二郎神铁石心肠,非但不肯放出三圣母,反而舞起三尖两刃刀,劈头向沉香砍来。

　　沉香怒不可遏,觉得二郎神欺人太甚,便抡起宝斧,迎了过来。二人云里雾里,刀来斧往,山里水里,变龙变鱼,从天上杀到地下,从人间杀到天庭,直杀得地动山摇,翻江倒海,天昏地暗。

　　太白金星知道这件事后,十分惊讶,他派四位仙姑去看个究竟。

　　四位仙姑站在云端看了一会儿,也觉得二郎神身为舅舅,如此凶狠地对待一个孩子,太无情无义了,加上她们之前跟三圣母的关系很好,十分同情三圣母。于是她们相互一使眼色,暗中助沉香一股神力。沉香越战越勇,二郎神再也招架不住,只得惨败而逃,宝莲灯也落到沉香的手中。沉香终于从华山黑云洞把母亲救了出来。从此,他们一家三口幸福快乐地生活在一起了。

巧儿姑娘

从前有一个姑娘,她的妈妈去世后,爸爸就娶了后娘。不久,爸爸也去世了,家里只剩下她和后娘两个人。

这个姑娘从小就心灵手巧,又懂事、又勤快。因此,大家都很喜欢她,亲切地称她为"巧儿"。可是她的后娘却是个很懒惰的人,她什么事也不做,还常常责骂巧儿。

地里的谷子熟了,巧儿一个人去割,连续割了两天,把她累得发慌。她忽然听见有人跟她说话:"巧儿姑娘,巧儿姑娘,我们来帮你的忙。"

这声音是从地上传来的。巧儿低头一看,原来是一只大蚂蚁。巧儿姑娘就对它说:"谢谢你,大蚂蚁,我自己干得了,不用你帮忙。"

果园里的果树开花了,巧儿一个人松土浇水,累得发慌。她忽然听到有人跟她说话:"巧儿姑娘,巧儿姑娘,我们来帮你的忙。"

这声音是从天上传来的。巧儿抬头一看,原来是一只蜜蜂王,就说:"谢谢你,蜜蜂王,我自己干得了,不用你帮忙。"

　　大家都夸巧儿又聪明又能干，后娘听了很生气，她就想出许多坏主意来折磨巧儿。

　　一天夜里，后娘在谷子里掺了许多沙子，对巧儿说："今天夜里把谷子里的沙子全拣出来，要不我就打死你。"说完，她把巧儿关在屋子里，还不许点灯，自己睡大觉去了。

　　巧儿看着这一大堆谷子，发愁了，屋子里黑咕隆咚的，就是有一千双手也拣不了啊！

　　这时候，大蚂蚁来了，说："巧儿姑娘，巧儿姑娘，我们来帮你的忙。"

　　一会儿，来了许许多多蚂蚁，搬谷子的搬谷子，拣沙子的拣沙子。

　　天亮了，后娘心想：巧儿再有本事，也拣不净沙子。她拿了一根棍子，要去打巧儿。可是打开门一看，谷子和沙子分得清清楚楚，放成两堆，巧儿躺在谷堆上安安稳稳地睡觉。

　　后娘找不到理由打巧儿，气得转身就跑出去，站在院子里嚷嚷："懒丫头，还不快起来！这儿有一缸水，今天上午你得把它弄得比糖还甜，否则我就打死你。"说完，她把巧儿锁在家里，自己逛街去了。

　　巧儿望着那缸水，发愁了：清水怎么能变成糖水啊？

　　这时候，蜜蜂王来了，对巧儿说："巧儿姑娘，巧儿姑娘，我们来帮你的忙。"

　　一会儿，飞来许许多多蜜蜂，把蜂蜜扔到水缸里去。

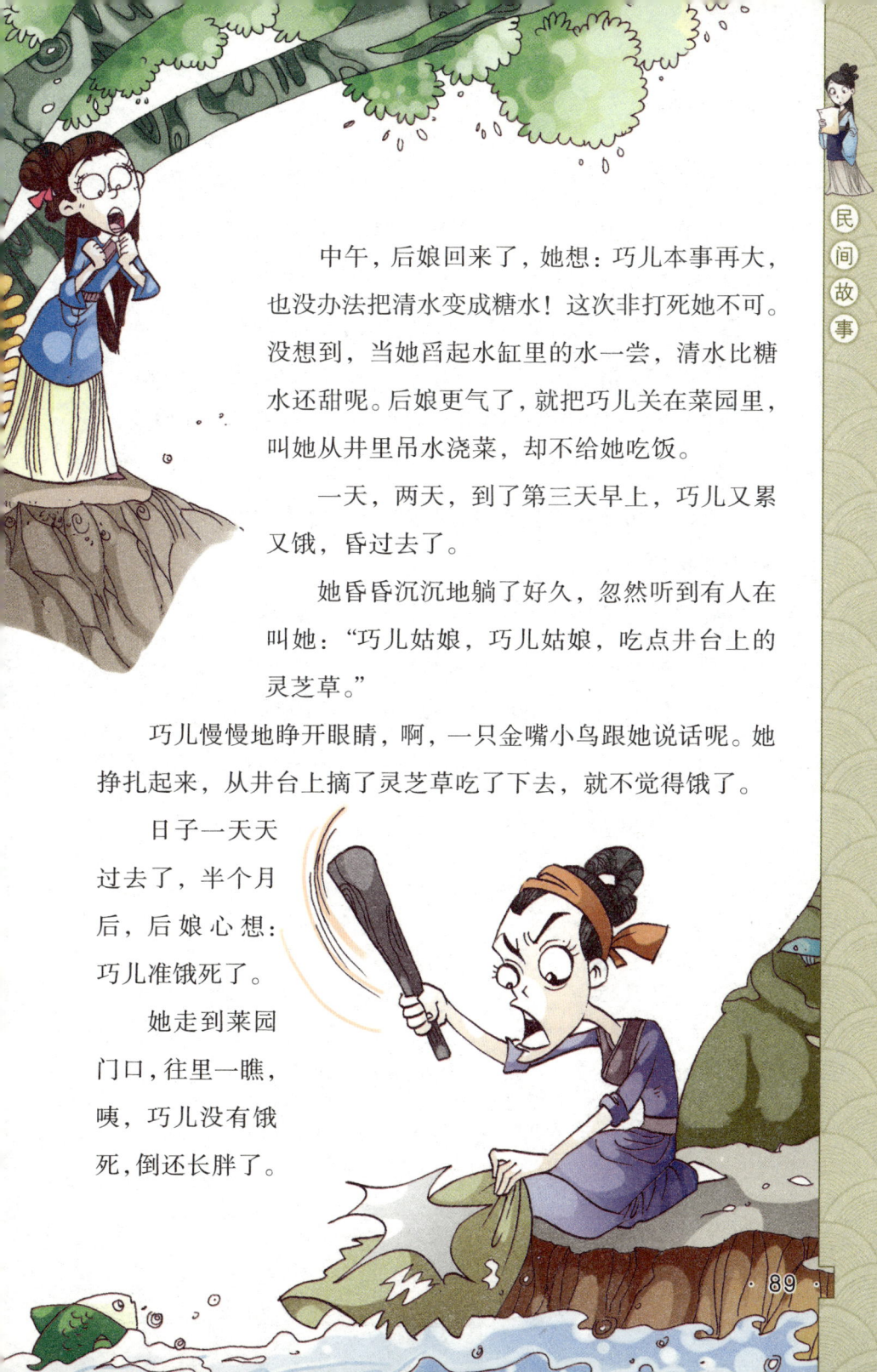

中午,后娘回来了,她想:巧儿本事再大,也没办法把清水变成糖水!这次非打死她不可。没想到,当她舀起水缸里的水一尝,清水比糖水还甜呢。后娘更气了,就把巧儿关在菜园里,叫她从井里吊水浇菜,却不给她吃饭。

一天,两天,到了第三天早上,巧儿又累又饿,昏过去了。

她昏昏沉沉地躺了好久,忽然听到有人在叫她:"巧儿姑娘,巧儿姑娘,吃点井台上的灵芝草。"

巧儿慢慢地睁开眼睛,啊,一只金嘴小鸟跟她说话呢。她挣扎起来,从井台上摘了灵芝草吃了下去,就不觉得饿了。

日子一天天过去了,半个月后,后娘心想:巧儿准饿死了。

她走到菜园门口,往里一瞧,咦,巧儿没有饿死,倒还长胖了。

这时候，金嘴小鸟叫起来："当心，当心，后娘来偷看你了！"

后娘冲进菜园，啪地一下把金嘴小鸟打死了。巧儿十分伤心。她把金嘴小鸟埋在井台边，过了几天，那儿就长出一个芽儿来。不久，芽儿长成一棵小树，给巧儿遮太阳。

后娘拿了把斧头，把小树砍了。巧儿难过地把树干做成一个棒槌，拿它捶衣裳。扑塌塌，扑塌塌，旧衣裳给棒槌这么一捶，就变成新衣裳了。

后娘从巧儿手里抢过那个棒槌，也拿它捶衣裳。新衣裳被捶成破衣裳。

后娘气得把棒槌当柴烧，烧得棒槌"嘎巴嘎巴"响。火星子跳到她的眼睛里，两只眼都被烧瞎了。

从这以后，狠毒的后娘再也没法子折磨巧儿了。

莲 花 女

千佛洞历来流传着一个美丽的传说。传说中，在一个国度里有一座高大险峻的山。山上住着两个道人，他们分别住在山的南面和北面。住在山南的叫"南窟道人"，住在山北的叫"北窟道人"。虽然两人是邻居，但是从不来往。

有一年盛夏，天气奇热。南窟道人虽在山洞中修行，也热得大汗淋漓。他来到山下，脱去衣衫，跳进泉水中洗起澡来。南窟道人离开清泉之后，有一头母鹿来到泉边饮水。谁知，母鹿喝了南窟道人洗过澡的泉水，就怀了孕。

按鹿的习性，生小鹿一定要回到原来受孕的地方。这天，母鹿来到泉边，卧地分娩。但生下的不是小鹿，而是一个清秀俊美的小女孩。

正在坐禅的南窟道人，听到母鹿的痛苦叫声，就来到泉边。母鹿看见人，就掉头撒腿跑了。南窟道人便把女孩抱回山洞，当作亲生女儿精心抚养起来。因她是鹿所生，所以南窟道人给她取名"鹿女"。

光阴如箭，转眼之间鹿女已经长大成人，出落得如花似

玉。南窟道人把她视为掌上明珠，从不让她独自一人离开山洞一步。有一天，鹿女不小心将火熄灭了。南窟道人很不高兴，没有火，怎么过日子？他愁眉不展。

鹿女说："爹，你不用发愁。山那边不是有位北窟道人吗？我到那里去借个火种。"

南窟道人深知北窟道人的为人。北窟道人历来吝啬、刁钻，从不肯轻易把东西借给别人。但没有火不能生存，他只好答应了鹿女。

鹿女轻盈地朝山北走去。她每走一步，脚下就生出一朵莲花来。在她所经过的蜿蜒崎岖的小路上，鲜艳的莲花争相开放，阵阵异香随着轻风飘进了北窟。北窟道人闻香出洞，看到鹿女步步生莲的奇景，惊呆了。鹿女见北窟道人出来，便深深作揖说："道长在上，小女有礼。请借火种一用。"

北窟道人望着风姿绰约的鹿女，心想：如果让北窟四周开遍莲花，岂不变成仙境了吗？于是他说："你要借到火种并不难，必须从右边绕窟走上七圈。"鹿女微笑着点了点头。她走一步生一朵莲花，走十步生十朵莲花……北窟道人又让她从左边绕窟走了七圈，才把火种借给了她。从此，北窟前后左右莲花盛开，香气袭人。"莲花女"的名字也从此传开了，再也没人叫她鹿女。

有一天，国王带着近臣侍从，到这座大山打猎。走到北窟前，众人被莲花吸引住了。国王就命人唤出北窟道人，问："这满山的莲花是你种的吗？"

"陛下，这些花不是我种的，是南窟道人的莲花女步下生出来的。"

"你若哄骗我，小心你的老命！"国王并不相信北窟道人的话。

"千真万确。那莲花女貌似天仙，我敢发誓，国中没有人能比得上她。"

国王火速赶到南窟，在那儿果然看到了一个美女在窟前浇花。国王十分高兴，就把莲花女封为妃子，要她立即进宫。南窟道人听了，气昏了过去。莲花女唤醒他后，父女俩抱头痛哭，哽咽不止。国王便令武士推开道人，把莲花女拉上马，带回了王宫。

南窟道人失去了莲花女，哀痛不止。

莲花女进宫以后，国王封她为王后。从此莲花女受到百般宠爱。她怀孕后，却生了一朵含苞莲花。国王又气又恼，把它看作是不祥之物，就把莲花胎扔进大江里，还把莲花女打入了冷宫。

大江下游有个小国。这天，小国的王公大臣正在江边玩乐。突然发现一朵含苞莲花顺水漂来。国王令人打捞上来，只见花瓣徐徐张开，上面坐着一千个婴孩。国王欢喜极了，下令选来一千名奶妈为婴孩们哺乳。等到一千个孩子长大成人后，国王又挑选了武艺超群的师父教他们练武。几年之后，他们个

个武艺高强，挂帅出征，从没打过败仗，使这个小国很快就强盛起来。当他们知道自己出生的经过，听说母亲惨遭杀害后，就率兵逆江而上。军队一直打到莲花夫人所在的王城下，他们声称要报杀母之仇。

这时，这个国家的国王已经老了，他见兵临城下，十分着急。有位老臣得知千子将军的底细，就说只有莲花夫人才能退却重兵。老国王眼见别无良策，只得从冷宫中把莲花夫人叫了出来。

莲花夫人上了城楼，举目四望，见城下围兵千重。阵前有一千匹骏马，坐着一千员虎将。他们个个披甲荷枪，威风凛凛。她心中悲喜交加，真想让孩子们杀进王城，报仇雪恨。但她又想：打仗必然相互残杀，死的还是老百姓。于是，她就对城下千万将军说："孩子们，我就是你们的母亲，我们两国只能和好，不能动刀动枪。"

可是他们不相信母亲还活着。

莲花夫人泪流满面地说："你们的母亲并没有死。若不相信，有乳汁可作证。我的乳汁若不进你们口中，那就是冒名骗人，你们再攻城不迟。"

说着，她解开上衣，用手挤乳，只见乳汁像喷泉一样，冒出千道银丝细雨，飞洒城下。千员大将像饮醇酒蜜汁一样，咽下乳汁，才知道母亲未死。他们急忙下马跪地。就这样，后来两国未动干戈，相好百年。

据说,莲花夫人自从被打入冷宫以后,就信起佛来,每日都诵读佛经。她的一千个儿子,因受母亲的影响,也都入了佛门。后来人们根据千子将军的各自形态特点,在石窟上塑着他们的像。人们管这个地方叫作"千佛洞"。

荷花仙女

很久很久以前，在玉清山下面住着一个年轻人。年轻人从小父母双亡，孤苦伶仃，他靠种莲藕为生。因此，大家给他取了个很有趣又很贴切的名字——藕郎。

藕郎很勤快，无论春夏秋冬从没见他有一时的闲着，整天不是泡在湾里修剪荷花，就是挑起担子进城去卖藕。

尽管如此，他的家里依然非常贫穷。穿着祖传的破棉袄，上面补丁摞补丁，乍一看，还以为他穿的是件蓑衣。半间坐落在湾边上的小草屋就是他的全部家当。藕郎就这样孤独地过着他的苦日子。有时闷了，他就蹲在屋前，出神地望着那些娇艳的荷花。他常想要是荷花能说话就好了。

有一年，这一带大旱，旱得草也枯了，花也萎了，树叶黄了，平地上咕突咕突地直冒热气。别说是庄稼，就是人也坐不住、睡不安。

藕郎眼看着一湾荷花旱得花梗弯了，叶也黄了，河湾里露出泥底来。他急得饭也吃不下，觉也睡不安，天天围着河湾转，看着眼前的荷花，心疼得像刀割一样。于是他开动脑筋想啊想啊，终于想出一个办法。第二天，他就挑起水桶上了玉清山。

太阳把玉清泉照得清澈见底，水影里倒映着满脸堆笑的藕郎，他多少天来的愁闷没有了，心情一下子变得轻松明快起来。

藕郎日日夜夜不停地挑水浇花。他的肩被磨破了，鲜血洒在山道上，道旁的野花又绽开了鲜艳的花瓣；烈日晒得他汗水不停往下流，流在山道上，山道旁的枯草又变成了绿色。

泉水浇在河湾里，泥土吸吮着清泉，荷花又抬起头了。

藕郎一直挑了三个月。

六月二十四日荷花节到了。这天藕郎挑完水，把河湾边扫得干干净净的。突然，天空下起雨来了。

晚上，藕郎在灯下缝棉袄，突然听到河湾里的泉水哗啦响了一声。他忙放下袄，要出去看看什么东西在糟蹋他的荷花。突然一阵红光在他面前一闪，他吓得一退。然后仔细一看，在他面前站着的却是一位大姑娘。这个大姑娘长得十分俊俏：墨黑的头发，鹅蛋似的脸蛋，水汪汪的大眼，高鼻梁，小嘴抿着，满脸堆笑，再加上她穿的水绿色裤子，像荷花一样鲜艳的粉红袄，把她衬得简直和画上的仙女一样。屋子里顿时香气喷喷，红光闪闪。

藕郎十分惊奇。他上下打量着姑娘，十分不解："这姑娘是哪里来的，我怎么从没有见过？"藕郎问道："姑娘你深更半夜到我这里来做什么？"

姑娘听了突然扑哧一笑，说道："看你这个人，以前你是整日盼，如今我真来了你又要赶我走！"这更把藕郎弄糊涂了，心想：真奇怪，我根本就不认识她，怎么说我整日盼她？姑娘好像知道他想什么似的，于是便说："藕郎，我实话和你说了吧，我是荷花仙女，天天见你一个人孤零零地过日子，多可怜呀！我想给你做伴儿，你愿意不愿意呀？"她说完，两眼直瞅着藕郎。

藕郎一听荷花仙女的话，十分高兴，脸上露出了从来没有的笑模样。嘴里没说，心里早就愿意了。荷花仙女明知道他愿意，还是故意说："你倒是说话呀！"

藕郎红着脸点了点头，随即拿起破袄，抹了抹炕沿，请荷花仙女到炕上坐。荷花仙女坐在炕上，顺手拿过

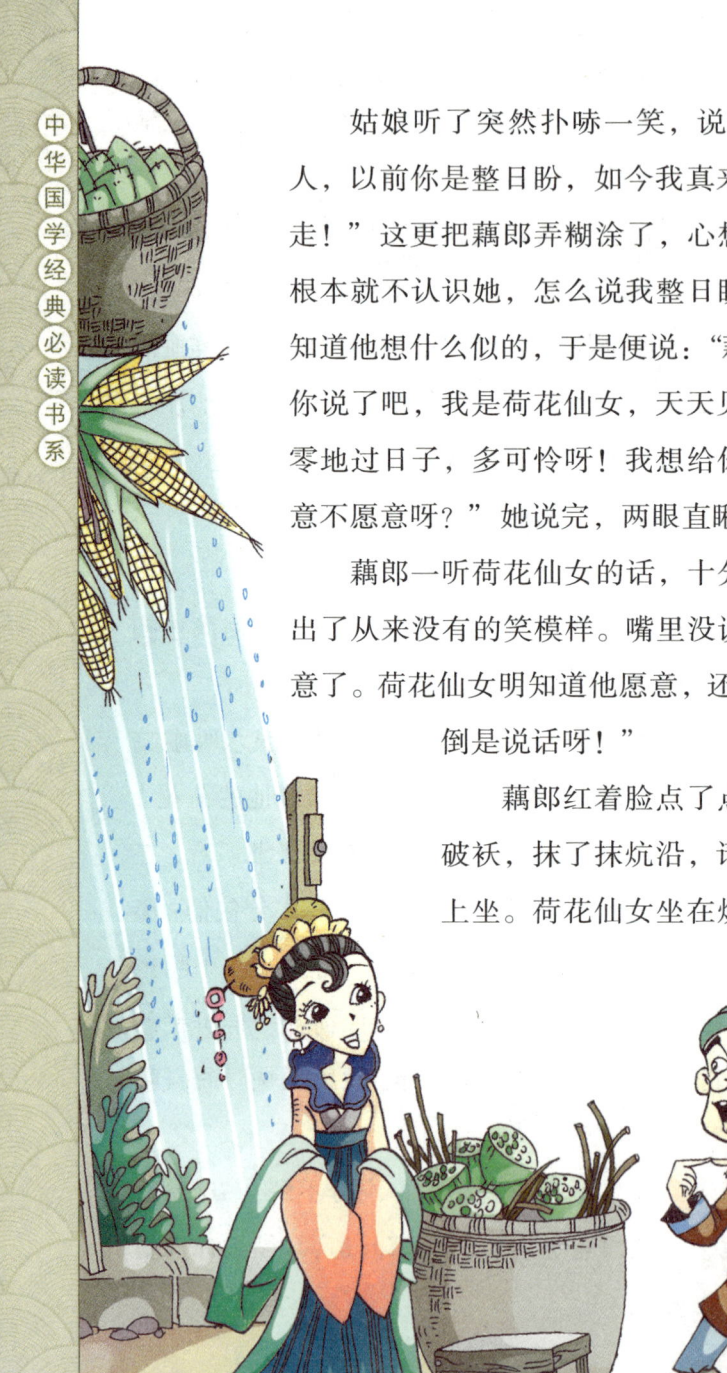

藕郎的破棉袄缝补起来。

屋外小雨哩哩啦啦地下着。灯光下，他俩低声低语地谈笑着。藕郎说："荷花姐姐，我有句话想对你说，不知你生气不生气？"荷花仙女答道："看你，说吧！"

藕郎往前凑了凑说："你能不能做我的……"

荷花仙女抬起头来问道："什么呀？"

藕郎脸羞得和茄子一样，又红又紫，半天才难为情地说："媳妇。"谁知荷花仙女听了，小嘴一噘，说："看你这个人，人家好心好意来陪你玩，你却胡思乱想，以后我再也不来了。"

这下可把藕郎急坏了，上前一把拉着荷花仙女，说："好姐姐！千万别生气，我再也不说了。"

荷花仙女一看藕郎这个样，扑哧一声笑了，说："我是和你闹着玩的，可是要叫我做你的媳妇，你要答应我一件事。"藕郎一听她有心答应，可高兴坏了，心想：只要咱俩能成夫妻，就是上刀山、下火海，我也愿意。

于是他问："你有什么事，说吧。"这时，荷花仙女把棉袄也缝补完了，站起来拍了拍身上，说："我是河湾里的一朵荷花，如果你明天在太阳出来之前能把我找着，我就答应你。"藕郎刚想说湾里那么多荷花,谁知道哪朵是你？可是荷花仙女一晃身子，红光一闪就不见了。藕郎呆呆地站着，心里又惊又喜。这时雨也停了，天也亮了。

藕郎跑到湾边上，只见那些雨后荷花都活鲜鲜地开放着，

水珠儿在花瓣上左滚右翻，明晃晃的像珍珠一样。他眼睛一眨也不眨地寻找。可是朵朵都是一样的美，枝枝都是一样的艳。东方红了，眼看太阳就要出来了，藕郎急得满脸是汗，心里一个劲地直扑通，眼也看花了，腰也弓酸了。看看河湾里一片红色，就和东方的红霞一样。

突然，一阵小风吹得湾里的荷花起伏，留在花瓣上的水珠儿轻轻地滚进了水里。藕郎一看，心里一动：啊！有了！他乐得几乎跳起来了，眼也不花了，腰也不酸了。他沿着湾找，果然找到了一朵花瓣干巴巴的荷花，好像昨夜的雨水没有淋着它一样，上面一颗水珠也没有。

藕郎心想那就是荷花仙女吧，就连忙跑过去，把它采摘下来。突然之间，红光闪现，一个女子转身过来，冲着藕郎笑了一下。藕郎才发现，自己手上抓着的不是什么荷花，而是荷花仙女的纤纤玉手。他十分惊喜地望着荷花仙女，然后牵着她的手一起走到屋里去。不久，他们就成亲了，从此，过上了幸福甜美的生活。

百花仙子

从前,有一个善良的老爷爷,很喜欢花草树木,尤其喜欢种花。他有一个园子,园子里种满了花。那里有春天开的迎春花,夏天开的荷花,秋天开的菊花,还有冬天开的梅花。凡是人们常见的花,这里都应有尽有。一年四季,花开不断,香气袭人,这里简直就是一个花的世界。村里的男女老少常常来这边赏花,他们有时还会帮老爷爷浇浇花呢。大家都很喜欢这里,也喜欢和老爷爷说话。

春天,花开得最多最美。有一天,忽然从县城里来了一群人。这群人中走在最前面的是一个姓张的大官的儿子,人家就管他叫张少爷。走在后头的则是张少爷的手下。他们大摇大摆地往园子里闯。

老爷爷一看见他们吊儿郎当的样子,心里十分不高兴,就拦住他们,说:"你们要干什么?怎么随随便便闯入我的园子呀?"

"看花,你管得着吗?"张少爷一把推开老爷爷,带着手下闯进园子去。他们看到美丽的鲜花后,十分高兴,就这采采,那摘摘,把整个花园弄得一片狼藉。

老爷爷看在眼里，疼在心里。他赶紧走上去，扯住张少爷的袖子："不能采，不能采。"

这一来，可把张少爷惹火了，他一巴掌把老爷爷打倒在地，嚣张地说："不能采？哼，我还要打呢！"他回头对手下人说："给我打！把这园子里的花统统打掉。"

狗腿子噼里啪啦一顿乱打，把园子里的花打得一朵也不剩，然后跟着张少爷大摇大摆地走了。

老爷爷望着满地的花瓣儿，伤心极了，就呜呜大哭起来。他哭着，哭着，忽然听到有人在叫他：

"老爷爷，老爷爷，您为什么哭呀？"

老爷爷回头一看，是个姑娘，就像他种的花儿一样美。她是谁？怎么从没见过她呀。

姑娘看老爷爷呆呆地站着，就说："您不说，我也知道。老爷爷，您别伤心。我有个法子叫花瓣儿回到花枝儿上去！"

"真的吗？"老爷爷不相信，心想这怎么可能呢。

"我怎么能哄您哪。快到屋子里去，舀一碗水来，我拿水往花瓣儿上一洒，它们就会飞起来回到原处了。"

老爷爷心想，干脆就让她试试吧。他跑到屋子里去，舀了一碗水出来。果真，姑娘把水往地上一洒，落在地上的花瓣全回到枝子上去了。本来是红的花，白的花，紫的花，黄的花……这时，一朵花上有几种颜色的花瓣儿，更好看了。

老爷爷乐得眉开眼笑，看看这朵花，又看看那朵花，看了半天，才想起那个姑娘来。"看我，真糊涂！我得好好儿谢谢她呀！"他自言自语。可是姑娘已经走了。他找了半天，始终没有找到她。

村里的人听说有这么一件怪事，都跑来看了，大家都说："那个姑娘一定是百花仙子。"

老爷爷点点头说："对，对！那姑娘不知道从哪来，也不知道往哪儿去。她能叫落下的花瓣儿回到花枝儿上去，准是百花仙子！"

这件怪事，一传十，十传百，传到张少爷的耳朵里。

"胡说，胡说，天下哪有这样的事？！"张少爷不相信。就带了那帮手下人一大清早又来老爷爷的花园里了。

他们闯进园子一看，惊呆了。

这回，张少爷想了个鬼主意，指着老爷爷说："这老头儿准有妖法，把他抓起来！"

手下人听他这么一说，就找了根麻绳，把老爷爷捆得结结实实，送进县城，关在监牢里。

那张少爷可得意了，说："这园子就归我了，快摆酒，快摆酒！我要一边看花，一边喝酒。"

他就这么一边看花，一边喝酒，嘴里还哼着小曲儿，不一会儿，就喝得醉醺醺的。

这时候，忽然从花丛里走出了个美丽的姑娘——就是老爷爷见到的那个姑娘。她轻轻地把袖子一摆，就刮起了一阵狂

风。好好儿的大晴天,马上变得天昏地黑。"呼啦啦、呼啦啦……",狂风骤起,把地上的尘土、石子都刮了起来,直往这帮坏蛋的脸上打。

这帮坏蛋吓坏了,像一窝被开水烫的老鼠似的,在园子里乱奔乱跑,有的被树根绊了一脚，跌破了头，有的撞到树干上去，碰肿了鼻子……直到傍晚，风才停。手下一个也没少，就是那个张少爷不见了。原来他头朝下，脚朝天，栽到粪坑里去了。手下顿时慌了，顾不得臭气熏天，把他拖了上来，一看，他早就断气了。

后来，老爷爷从监牢里被放了出来。他看到园子里有三色花，五色花，七色花……很多都是谁也没见过的花。远远近近的人听说了，纷纷来看花。

大家都说，那个美丽的姑娘一定是百花仙子，只有她才能让花朵变得这么美丽。这让老爷爷十分高兴。从此以后，再也没有人敢来破坏老爷爷的花园了，因为百花仙子一直待在这个园子里，时刻保护着这些花呢。

蛇　　郎

　　从前，有一对老夫妇，他们生了三个漂亮的女儿。三个女儿长得一模一样，只是大姐的脸上稍微长了一点麻子，平常不容易看出来。可是三姐妹的性格却很不同。大姐是一个既懒惰又好嫉妒的人，她常常见不得别人比她好。二姐生性迟钝，对什么事都随随便便，是个缺乏主见的人。只有三姐是一个十分聪明、勤快，而且乐于助人的人。老夫妇和邻居常常夸三姐是个好姑娘，都很喜欢她。

　　在他们家附近，有一棵长得又高又大的黄葛树，树上开满了红彤彤的绣球花。三个姐妹看见了，都想去摘朵花放在自己的屋里。

　　大姐抢先去了，到树跟前一看，那大树底下盘着有大碗口粗的一条蛇，大姐吓得回头就跑。

　　二姐随后也去了，走近一看，大蛇摇头晃尾地瞅着她，她吃了一惊，心想：为了朵花把命丢掉，犯得上吗？她迟迟疑疑地转身回去了。

　　三姐最后也去了。她隔了好远就闻见了绣球花的香气，到树跟前一看，蛇还是盘在那儿。三姐左看看，右看看，心里实在想摘朵香喷喷的绣球花。她自言自语地说："蛇呀，你为什么拦住路，拦住我摘绣球花？"蛇却一动也不动地看着她。三姐鼓起勇气去摘花，那蛇却说话了，蛇说道："好姑娘，花是我的，你要摘它得答应我一个要求。"

"什么要求呢？"三姐吓了一跳，奇怪地问蛇。

"请你做我的新娘子，这花就当作聘礼。"

三姐想：蛇怎么能娶我呢？她看了看花，实在舍不得走开，就大胆地对蛇说道："好吧。"那蛇很快就爬开了，三姐走上去摘了三大朵红彤彤的绣球花。

三姐把花拿回家，给了大姐一朵、二姐一朵，满屋子立刻变得香喷喷的，三姐高兴地坐在花面前干活，很快把蛇的要求也给忘了。

过了两天，大姐正在房里绣花，忽然从窗外飞进来一只蜜蜂，蜜蜂绕着她的耳边飞叫个不停，听起来好像是说：

"嗡嗡嗡，嗡嗡嗡，蛇家请我做媒公。

金柱头、银磙磴，问你大姐肯不肯？"

大姐被蜜蜂吵烦了，就用绣花针向蜜蜂刺去，蜜蜂受了伤，飞走了。

二姐正在院里扫地，蜜蜂又绕着二姐的耳边飞叫道：

"嗡嗡嗡，嗡嗡嗡，蛇家请我做媒公。

金柱头、银磙磴，问你二姐肯不肯？"

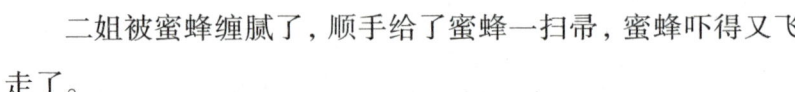

二姐被蜜蜂缠腻了,顺手给了蜜蜂一扫帚,蜜蜂吓得又飞走了。

这蜜蜂是蛇郎请来做媒的。蜜蜂走时,蛇郎告诉小蜜蜂三姐的长相,可是三个姐妹长得一模一样,蜜蜂怎么也分不出来,还挨了大姐一针,二姐一扫帚。蜜蜂忍痛回去找蛇郎,蛇郎说:"都怪我没说清楚。蜜蜂弟弟,你看那个最年轻、最友善又最勤快的人就是她了!"

小蜜蜂经不住蛇郎的一再请求,又飞去了。

这时,三姐正在做鞋,她做好了父亲的、母亲的,又为两个姐姐做鞋。蜜蜂飞到她的屋里来,绕在她的耳边飞来飞去,唱着:

"嗡嗡嗡,嗡嗡嗡,蛇家请我做媒公。
金柱头、银碌磴,问你三姐肯不肯?"

三姐忙着做鞋,起初没留意,等多听了两遍,就警觉起来了。"蛇家?是那蛇遣媒来了吗?"她的心里又是害怕,又是好奇。蜜蜂一个劲地围着她叫,三姐想:它真能娶我吗?她小声地说:"好吧。"

小蜜蜂听见这话,就飞走了。

第二天,山洼里出现了一大队人,抬着聘礼盒向三姐家里走来了。到了家,众人把礼品往屋里一摆,领头的就向三姐的父母说:"蛇家下聘来了!"

这可把老夫妇闹糊涂了,他们说道:"我们的三个姑娘都没许配人，哪来的这门亲事？"

领头的说："请问你家三姑娘！"

三姐十分惊喜，就把前前后后的事都对父母说了。父母很疼爱三姐，一时也没有别的主意，只好收下了聘礼。

过了三天，蛇家来迎亲，长长的队伍把周围十几里的人家都轰动了。二姐看见了，倒不在意。大姐心里可不快活，她想：我将来会不会比三妹还不如呢？又想到三妹是嫁给蛇家，心里就痛快多了，她说："说不定三妹会让蛇吞掉呢。"

三姐舍不得家人，临上轿的时候说："爹、娘，你们不用难过。我带着一碗菜子，准备把它撒在我走过的路上，待到明年菜子开了花，你们就来看我！"

三姐上了轿，蛇家吹吹打打地把她接走了。

三姐走后，老夫妇天天盼望着菜子开花。他们左顾右盼，菜子终于长起来了，开花了。那菜花从门前开起，一直伸展到很远的地方，放眼望去，一片黄色望不到尽头。老夫妇十分高兴，商议后，决定父亲留下来看家，二姐烧饭，母亲带着大姐去看望三姐。大姐心想：三妹要是没让蛇吞掉，我倒要看看妹夫是什么长相。

母亲和大姐沿着菜花走，走了一晌午，看到地面上仍然长着菜花。她们停下来休息了一会儿。休息完后又继续赶路。夜幕降临，她们终于走到了一座半山腰上，才发现地面上没有菜花了。可是，那地方没一间房屋，只有一块四四方方的

大石板。

月亮升上来了,她们找不到路十分着急,忽然飞来了一只乌鸦,停在一棵树上,朝她们叫道:"喳喳喳,喳喳喳,搬开石板就是家!"

妈妈和大姐就搬开石板,石板下边有一条阶梯。她们走下去,拐了一个弯,眼前出现了一座大院子。她们走到大院门口时,就听见有人叫道:"开门呀,客来啦。"那大门喀啷一声就开了。往里一望,院子大极了,看不到尽头。母女两人不敢往前走,正犹豫时,远远看见有两个人迎出来了。男人和女人都打扮得整整齐齐,女人手上还抱了一个小孩。待走近一看,原来那女人就是三姐,那男的,不用说就是蛇郎了。

母亲向女儿扑过去,欢喜得掉下泪来了。大姐看到那男人后,惊呆了,心想:蛇郎怎么长得这么标致呢?

母亲和大姐就在三姐家住了下来,母亲看见三姐整天都是笑嘻嘻的,还像在家的时候一样勤快,干干这活,又干干那活;蛇郎呢,白天总要出去,天黑才回来。他和三姐从来也没有吵过架,两个在一起相亲相爱的,母亲知道后十分高兴。可是,大姐在这里住得越久,心里就越不高兴。她老嘀咕着:"三妹运气真好。可我哪一点不如她呢?"

不久后,母亲要回家了。她说:"明年菜子开花时我再来吧,你们也要回家看看父亲呀!"可是,大姐却不想走了。大姐说:"妹夫老不在家,三妹多闷得慌,我留下来陪陪她。"三

姐也舍不得她走，就这样母亲一个人走了。

有一天，蛇郎出门了。三姐在后花园的井旁边洗衣服，大姐抱着孩子陪着她。大姐偷偷地在孩子腿上拧了一把，孩子哭起来了。大姐说："三妹，孩子认人了！我看你把头上那凤钗给我戴上，他把我当成你，就不哭了。"三姐就把头上那凤钗取下来给了她。孩子果然不哭了。

过了一会，大姐又狠狠地在孩子腿上拧了一把，孩子又"哇哇"哭起来了。大姐假意地拍着哄着，又说："三妹，孩子还是怯生！我看不如把你穿的衣裙和我调换一下，他认不出是我，就不哭了。"三姐就照她说的办了。

大姐接二连三地把

三姐的穿戴都换过去了。她抱着孩子在井台上走来走去,一会儿,突然对着井里叫道:"哎呀,三妹!井里是啥东西直冒白烟呀?"

三姐应声跑到井台去看,却什么也没有看见。这时大姐朝她一拳打去,可怜的三姐被推到井里淹死了。

狠心的大姐赶忙抱着孩子跑回屋,对着梳妆台洗脸、梳头,整理衣服,装出什么事也没有发生。然后,坐在屋里等着蛇郎回来。她说:"这回可该我享福了!"

天黑了,蛇郎回家了。大姐完全学三姐的样子做,蛇郎什么也没看出来,蛇郎问:"大姐呢?"大姐回答:"母亲派人来接回去了。"蛇郎匆匆地吃了点东西,就上床睡了。

第二天早上,大姐正在梳妆,蛇郎站在她身后边看了一会儿,忽然问道:"你看!你脸上怎么有一些凹下去的小圆点呀?"蛇郎注意到大姐脸上的麻子了。

大姐有些慌张,赶紧说:"昨天逗孩子玩,把豌豆撒在床上了,我睡觉不小心,把脸压在豌豆上了。"

过了许多天,大姐一直是学着三姐的样子对待蛇郎,可是蛇郎总像有什么心事,不大快活。

有一天,蛇郎出门了。大姐在窗前梳妆,忽然听见窗外树上有只画眉在叫,声音十分清脆,叫的是:"羞羞羞,羞羞羞,姐姐跟妹夫!"

大姐听见后,心里很恼火,悄悄拿起一根晒衣竿,照着画

眉打去,竟把画眉打死了。她拾起那画眉,说:"正好拿你做菜!"

蛇郎回来了,大姐给他端上一碗红烧画眉。蛇郎用筷子去夹的时候,碗里是肉,味道很鲜美;大姐去挟的时候,碗里却是骨头,吃起来扎嘴。大姐气极了,把筷子一摔,就把那碗烧画眉倒在后花园井里去了。蛇郎很奇怪,他想:她可是从来没有这样发过脾气呀!蛇郎的心里更加不快活了,他觉得三姐变得可怕了。

有一天,蛇郎又出门了。大姐抱着孩子在后花园玩耍,忽听得井里叽叽咕咕有人说话,走近一听,是画眉在叫:"羞羞羞,羞羞羞,姐姐跟妹夫!"

大姐听见后,心里更恼火,捡了块石头向井里扔去,那声音反倒大了,她又搬了块大石头扔下去,那声音也更大了。大姐想:要被蛇郎听见怎么办?她赶快去找锄头,挖了许多土把井填得结结实实的。果然,声音听不见了。大姐放心了。

蛇郎有一次到花园里散步,走到井台上去一看,发现水井被人填满了,井口上却长出了一棵绿色的嫩芽。他想:这是什么花呢?让我来浇一浇水吧!蛇郎每天都用水浇那棵嫩苗,从没有间断过。不久,嫩苗长高了,叶子生得很茂密,长到一人高时,结了酒杯大的一个花骨朵。花骨朵越长越大,开了花,又结了一个很大很大的果子。果子成熟了。

蛇郎看见果子又红又大,想道:这是什么果子呢?他把果子摘下来,把皮剥了,掰开一看,果子中心却坐着个小人,瞧

那模样却像是三姐,蛇郎又惊又喜,不禁叫了一声:"三姐!"只见那小人渐渐变大,三姐站在蛇郎面前了。蛇郎刚要开口问,三姐一头倒在蛇郎怀里,眼泪簌簌地直掉。

在屋里的大姐见今天蛇郎回来后就一直没见到他的人影,便四处寻找他。当她来到后花园时,却看到蛇郎就在那里,更让她吃惊的是三姐也在那里,蛇郎和三姐两人抱头痛哭。大姐连忙转身就跑,没想到碰到地上的花盆,花盆摔碎了。蛇郎和三姐这才发现了大姐,就追了上去。大姐心里又羞又怕,一不小心一头撞到一棵大树上,死了。

从此,蛇郎和三姐又重新生活在一起了。

黄鹤楼的传说

中国有四大名楼，分别是岳阳楼、滕王阁、黄鹤楼和蓬莱阁。现在要介绍的就是黄鹤楼了。

相传黄鹤楼始建于三国时期，在历史的长河中，它历经沧桑，不绝于世，是一座千古名楼。三国时，在这临江的山巅建楼，首先还是出于军事上的需要，但后来逐渐成为文人宴客、会友、吟诗、赏景的游览胜地。历代的名人如崔颢、李白、白居易、贾岛、陆游等都曾先后到这里游览、吟诗、作赋。

唐代著名诗人崔颢曾登上黄鹤楼赏景并写下了一首千古流传的名作："昔人已乘黄鹤去，此地空余黄鹤楼。黄鹤一去不复返，白云千载空悠悠。晴川历历汉阳树，芳草萋萋鹦鹉洲。日暮乡关何处是，烟波江上使人愁。"后来李白也登上了黄鹤楼，他放眼楚天，顿觉胸襟开阔，诗兴大发，正要提笔写诗时，却抬眼看到了崔颢的诗，这位诗仙自愧不如，只好说："眼前有景道不得，崔颢题诗在上头。"崔颢题诗，李白搁笔，这是千古传颂的雅事。从此，黄鹤楼名气大盛。

黄鹤楼现在位于湖北武昌。在武昌靠近长江的地方有一座

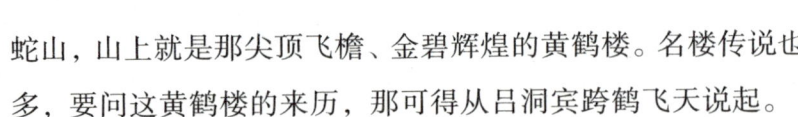

蛇山，山上就是那尖顶飞檐、金碧辉煌的黄鹤楼。名楼传说也多，要问这黄鹤楼的来历，那可得从吕洞宾跨鹤飞天说起。

据说，吕洞宾游玩了四川的峨眉山后，一时心血来潮，打算去东海寻仙访友。他身背宝剑，沿着长江顺流而下。

这一天，他来到了武昌城。这里视野开阔，风景如画，他被深深地迷住了，于是兴冲冲地登上了蛇山，站在山顶上举目一望，真神奇！只见对岸的那座山好像是一只伏着的大龟，正伸着头吸吮江水；自己脚下的这座山，却像一条长蛇昂首注视着大龟的动静。吕洞宾心想：如果能在这蛇头上再修一座高楼，站在上面观看四周远近的美景不是更妙吗？可这山又高，坡又陡，谁能在这上面修楼呢？有了，还是请几位仙友来商量商量吧。

他把宝剑举起，往天空划了那么一个圈，何仙姑就驾着一朵彩云翩翩而来，他连忙把自己的想法向她说了，何仙姑一听就笑了："你让我用针描个龙绣个凤还差不多，要说修楼，你还是另请高明吧！"吕洞宾又请来了铁拐李，铁拐李一听，哈哈大笑道："你要是头发昏，我这里有灵丹妙药，要修楼，你另请高明吧！"吕洞宾只好又请来了张果老，张果老摇着头说："我只会倒骑着毛驴看唱本。"说完，也走了。吕洞宾想，这下完了，连八仙都不行，哪里还有能工巧匠呢？他苦恼不已。

正在这时，吕洞宾忽然听到从空中传来一阵奇怪的鸟叫声，他赶紧抬头一看，只见鲁班师傅正骑着一只木鸢朝着他呵

呵地笑呢。吕洞宾急忙迎上去,把自己的想法又说了一遍。鲁班师傅走下木鸢,看了看山的高度,又打量了一下地势,并随手从山坡上捡来几根树枝,在地下架了拆,拆了又架,想了很长一段时间说:"咱们明天早上再商议吧。"

第二天早上,天刚刚微明,吕洞宾就急急忙忙地爬上蛇山,只见奇迹出现了,一座飞檐雕栋的高楼已经立在山顶上了。他大声呼喊着鲁班的名字,登上最高一层,可连鲁班的影子都没有看到,只看见鲁班留下的一只木鹤。这只木鹤身上披着黄色的羽毛,正用一对又大又黑的眼睛望着他。吕洞宾高兴极了,一会儿摸摸楼上的栏杆,一会儿看看楼下的江水,又取出一只洞箫对着波涛滚滚的江水吹起了曲子。他一边吹箫,一边看看木鹤,这木鹤竟随着音乐翩翩起舞呢!吕洞宾骑到了木鹤身上,木鹤立即腾空,冲出了高楼,绕着这座楼飞了三圈,突然,只听一声鹤唳,那只木鹤竟钻进白云里,没了影子。

后来,人们根据这个传说,给这座楼起了个名字,叫黄鹤楼。"黄鹤楼"的美名由此而生。

干将和莫邪

楚国有一对善于铸剑的夫妻，他们的名字叫干将、莫邪。有一天，楚王要他们替自己铸一双雌雄宝剑。他们领命后，花了三年的时间才把宝剑铸好。这件事让楚王很生气，他觉得干将、莫邪铸剑的时间太长了。于是，楚王决定杀掉他们。

此时，干将的妻子莫邪快要生产了。干将对妻子说："我们为楚王铸剑，三年才铸造成功，楚王恼怒，这回我去，定会将我杀掉。你生了孩子如果是个男孩，长大了告诉他'出门去望望南山，松树生在石头上，宝剑就在树背上。'"于是，他便带着雌剑去见楚王。楚王见只有一口剑，更是怒不可遏，便叫剑工前来看这剑。剑工说："剑原有两口，一口雄剑，一口雌剑，雌的来了雄的还没来。"楚王大怒，便把干将杀了。

干将走后，莫邪生了一个孩子，名叫赤比。赤比长大了，便问他母亲道："怎么不见我爹，他在什么地方呢？"母亲说："我和你爹为楚王铸剑，三年才铸造成功，楚王恼怒，把你爹给杀了。"母亲还把父亲的遗言告诉了赤比。

于是赤比走出门去，向南一望，没看见有什么山，回头一

望,只见堂前石阶上面,有几根松木柱子,心想:这或许就是"松树生在石头上"吧。赤比便拿了一把板斧,把靠近门的一根柱子从背后劈破,果然在里面找到了那把雄剑。赤比得了剑,不论白天黑夜,都想着要找楚王报仇。

有一天晚上,楚王做梦,梦见一个宽额颅的孩子,两眉之间,阔有一尺,自说要来报仇。楚王便悬赏千金,到处张贴榜文,要捉拿梦中所见的奇怪孩子。赤比见榜文所说的情况和自己有几分相像,便赶紧逃进深山去暂时躲藏着。他在山路上一面行走一面唱歌,想到父仇未报,不觉悲从中来。一个来自他乡的客人看到他这样子,就同情地问他道:"你小小年纪,为什么哭得这样悲哀啊?"赤比说:"我是干将和莫邪的儿子,楚王将我爹爹杀害了,我想报这深仇大恨。"他乡客说:"听说楚王悬赏千金要买你的头。拿你头和剑来,我替你报仇。"

赤比说:"那太好了!"他马上抽出宝剑,割下自己的头来,两手捧着头和宝剑,一

齐交给他乡客,但他身子却还僵立在那里。他乡客说:"你放心,我不会让你失望的!"赤比的尸体这才倒了下去。

他乡客带着赤比的头去见楚王,楚王大喜。他乡客说:"这乃是一颗勇士的头,应当放到汤锅里去烹煮,直到肉烂为止,以免久后成精作怪。"楚王依从他的话,把赤比的头放到汤锅里去煮了三天三夜,可是都没煮烂。其中有好几次头还从汤锅里跳出来,睁着愤怒的眼睛看着楚王。

他乡客说:"这头煮不烂,大王亲自来看看吧。借您的威风压他一压,头自然就会烂的。"楚王走到锅边,看了一眼孩子的头,内心便有点恐慌。此时,他乡客迅速地抽出宝剑,向楚王颈脖一挥,楚王的头就坠进了汤锅里。他乡客想到杀了楚王自己也活不了,就又把剑向自己颈脖一挥,头也坠进了汤锅里。

汤锅沸腾着,霎时三颗头都煮烂了,再也分辨不出哪颗头是谁的。楚国大臣们只好连骨带肉分成三份,用瓦罐子装着,各自埋葬在一处地方,修造了三座坟墓,统称作"三王墓"。这墓如今在汝南北宜春县境内。

真武修仙

真武大帝是在武当山修炼成仙的,可他并不是在这里出生的。他出生在西方海边一个美丽的乐园里,那个国家的国王十分清正廉洁,善胜皇后温柔善良。他们把国家治理得很好,人们安居乐业、团结友爱。

有一天,善胜皇后在御花园里观景。忽然,天空中出现一扇门,众位仙人捧出红红的太阳朝下一扔,一道金光出现了,变成了一个红果子,哧溜一声钻进了皇后的嘴里,又咕嘟一声滑进了皇后的肚里。不久,善胜皇后便怀孕了,整整怀了十四个月。第二年三月初二的中午,善胜皇后忽然感到肚子疼起来。同时,天地间突然亮堂堂的,皇后左肋便裂开一个大口子,从里边跳出了个又白又胖的娃娃。那娃娃落地就懂人事,先亲亲热热地对国王喊了一声"爹爹",又亲亲热热喊了皇后一声"娘亲"。随后引来了龙飞凤舞,百花盛开。顿时,举国欢庆,真武太子出生了。

真武太子生来聪明,读书过目不忘。他长得很魁梧,又学了一身好武艺,人们都称赞他、敬仰他,说他将来一定是一位

好国王。可他长大后,对政治一点都不感兴趣,不肯继承王位,却到处求师学道,想要成仙升天。国王和皇后都曾百般劝阻他,可他怎么也不听,执意要走自己选定的路。

一天,花丛中忽然走出一位紫衣道人,对真武太子说:"你要想得道成仙,就要断绝酒色财气,避开红尘世界。穿越大海往东走,那里有一座武当山,便是你修道的好地方。"说罢,紫衣道人就不见了。原来那道人是玉清圣祖紫元君的化身。

太子听从了紫衣道人的建议。十五岁的他便离开了疼爱他的父母,舍弃了优厚的皇家生活,孤身一人乘舟渡海,来到了武当山。

善胜皇后舍不得儿子离开。她不避风雨,不分日夜地追着太子,一直追到武当山的山坡上,眼看太子就在对面,她就大声喊:"儿呀,快回来!"连喊了十八声,追了十八步。太子在对面连应了十八声,却连走了十八步,不让母亲追上他。这地方就是现在的"太子坡"和"上下十八盘"。

善胜皇后喊不回儿子,心里十分着急,就加快速度跑到太子的身边,抓住了他的衣角,拼死不放,非要他回宫不可。太子爱母亲,不愿让她伤心落泪,可又觉得修炼要紧,不肯轻易改变主意。于是,他拔出宝剑,扭过头,朝母亲拉着的衣角轻轻一挑,割开了。

善胜皇后落了空,松开手,那衣角便腾空飞起来,随风飘荡,最后落到汉江上游的江水中,变成了"大袍山"和"小袍山"。

常言道"母子连心"。看着就要失去儿子了,善胜皇后还是不死心,继续追。她越跑越快,一心要扑上去,把儿子拉住。这时候,真武太子举起宝剑照着身后的大山猛一劈,只听见轰的一声惊天动地,高山立刻分成了两半,中间现出一条河来,把母子分隔在了两岸。这条河就叫"剑河"。

善胜皇后见再也追不上儿子了,恸哭不止,泪如雨下,竟在地上冲了个大坑。

后来,人们就在这里修了个"滴泪池"。

真武太子终于登上武当山了,苦苦修炼了好几年。他把道经念得滚瓜烂熟,倒背如流,可还是没能得道成仙。他泄气了,心想:深山修炼,远远不如坐享荣华富贵,还是回宫去当太子吧。他便下山去了。一路上只见天气阴沉,耳边乌鸦哇哇叫个不停。他心里乱糟糟的,感到十分烦恼,想找人说说心事,商量商量。可是,这里荒无人烟,根本找不到人。

恰巧这时,前面不远处突然出现了一位老太太。她低着头,双手抱着一个铁杵,在井边的石头上,不紧不慢地磨呢。真武太子觉得奇怪,上前问道:"您磨这大的铁杵做什么呀?"

老太太头也不抬,边磨铁杵边回答他:"我想磨成一根绣花针哩!"

真武太子觉得好笑,说道:"您太迂腐了吧,只怕到你入土,也磨不成针呢。我看您就别费这种冤枉工夫啦!"

老太太既不生气,也不泄气,还是不紧不慢地磨着铁杵说:"磨一下,它就小一点。只要工夫深,自会磨成绣花针。"

真武心里猛然一亮,心想:修仙求道不也和这铁杵磨针的道理一样吗?当他想要感谢老太太的指教时,那老太太已经升上云头,她说道:"聪明人一句嫌多,糊涂人百句嫌少。"她哈哈一笑,就不见了。原来,那老太太又是紫元君变成的,是来点化真武太子的。紫元君留下的两根铁杵,至今还放在"磨针井"大殿门口。

真武太子省悟了,就返回山中,住在南岩认真修炼。他从早到晚,静心端坐,任凭鸟儿在头上做窝、生蛋、孵化,也一动不动。身边的荆棘由小长大,穿过他的脚板,又沿着脉络,从胸口长出来,开花结果,他都不理睬,依然聚精会神地修道。他常年不吃五谷,肚子和肠子在肚里闹腾。他就把肠子和肚子抓出来扔了。就这样,他整整修炼了四十二年。

九月初九那天,天上布满祥云,空中散着天花,林间仙乐缭绕,谷里异香扑鼻。真武太子只觉心里特别清澈,眼特别明亮,胸中恍若水晶,一尘不染,身体像是流云一样轻,随时都可以飘飞。

他知道,这是要升仙了,就准备腾空飞去。这时候,忽然有一个绝色美女来到他的面前。她手捧金盘、玉杯,娇声娇气请真武用茶。真武太子丝毫不为那女子所动,只是觉得她轻浮、讨厌。他嗖的一声拔出宝剑,喝道:"你要是个良家女子,就该庄重、自爱。再敢轻举妄动,我定斩不饶!"

那女子又怕又羞，满脸通红，简直无地自容了。她纵身一跳，飞下了万丈悬崖。

真武太子后悔起来，觉得不该逼人丧生。他想自己应该偿还她一条性命，才不愧这修行四十二年的功德。于是，便也随着她朝悬崖下跳去。哪想却被五条龙托住，又见那女子也站在云头上。原来她还是紫元君变的，是最后来试真武的真心。

紫元君见真武太子不为美色所动摇，又有一颗仁慈的心。心中万分欢喜，便引真武太子飞上天宫成仙去了。后来，人们把真武太子飞天时站的那个地方称作"飞升崖"。

月　老

　　唐代时有一个有钱人名叫韦固。有一天他到宋城游玩。

　　晚上，韦固到街上闲逛，看到一个穿着红色衣服的老人坐在路边看一本又大又厚的书，书的旁边还有一个大袋子。韦固很好奇，就问他："老伯伯，您正在看什么书？"

　　"我在看一本记载天下男女婚姻的书。"老人答道。

　　"哦？我看了很多书，但从来没听说有这样一本书。那您这袋子里装的又是什么呢？"韦固好奇起来，又追着问。

　　"这袋子里装的是红绳子，是用来系夫妻的脚的。无论他们是敌是友，还是远在天涯海角，我只要把这个红绳子系在他们的脚上，这两个人就一定会结成夫妇。"

　　"您说的是真的吗？那么我的婚姻大事，老伯伯您也知道？"韦固急切地问。

　　"当然知道，你未来的妻子嘛，让我查查……有了，就是市场北面那个卖菜老妇的女儿。"

　　韦固一听，心里一惊，便问："老伯伯，您是说我的妻子是卖菜人家的女儿？"

"是啊，我可以带你去看看。你看，那边摊子后面有个小女孩儿，就是你以后的妻子，你看到了没有？"月老指着地摊边的一个小女孩说道。

"什么？就是她？她才几岁啊？"

"今年两岁了。"

"她那么小，怎么能做我的妻子呢？"

"哎，不要紧，过几年就长大了呀！"

"那我要等多久才能结婚？"

"你等不及啦？"

"那女孩又小又丑，您为什么给我安排这样的婚姻呢？"

"你现在别嫌她，以后你一定会感激我的。"老人说完，就不见了踪影。

韦固回家以后，心里非常不高兴，他想：我是个有钱人，怎么能娶这又贫穷又丑陋的女孩儿为妻呢？我一定要想个办法让这女孩消失掉。

他想来想去就是不愿意同这个女孩结婚，就把仆人阿福叫来了。

"少爷，什么事？"

"你到菜市场去，在菜市场北面有个姓陈的女人摆的卖菜的摊位。她身边有个两岁的女儿，你去替我把她杀了。"

"为什么？"

"因为有人为我算命，说她就是我未来的妻子。你想，她

那种身份，怎么能配得上我呢？"

"少爷，我怎么忍心，她才两岁大，我……"

"你一定要这样做。我韦大少爷不会娶这样一个女人而让自己一辈子在朋友面前抬不起头来。好啦，少啰唆，你去吧。事成之后，我会重重奖赏你的。"

"是，少爷，我去就是了。"

仆人按照韦固的指示来到市场。他找到了目标后，由于心情紧张，一刀刺去，只伤到小女孩的眉，又因为市场的人太多了，他不敢再刺，只好立刻逃走了。

十四年后，相州刺史王泰把女儿嫁给了韦固。这个女孩年约十六七岁，长得端庄秀丽，但在眉间有一道伤痕。韦固觉得很好奇，有一天终于忍不住问她："你眉上怎么会有一道伤痕呢？"

"我是郡守的义女，十四年前在宋城时，母亲带着我在市场上卖菜。有一天在菜市场被一个坏人刺伤，幸好只伤在眉间，就是现在这条刀痕。"

"宋城的菜市场？你是说是宋城的菜市场？"

"对呀，你怎么知道？"

"我……那个想杀你的人就是我。我真该死，我真该死！"

"是你？你为什么要这么做？"

于是，韦固便把十四年前的往事全部说出来。他觉得很对不起妻子，心中十分惭愧。没想到妻子一点儿也不怪他，反而安慰他说："你不要再难过了，事情过去就算了。以后我们应该好好相处，这样才对得起那个老人的一片心意。"

他们对月老撮合他们婚姻的事感激不已，也对彼此间的缘分感到十分惊喜。从此以后，夫妇俩更加关心和疼爱对方，他们过着幸福快乐的生活。

灶 王 爷

以前,有一户很有钱的人家。妻子是个贤惠的女人,可是丈夫却喜欢赌博。有一次,丈夫赌博时输了不少钱,就恼羞成怒地把妻子赶出了家门。

妻子伤心欲绝,离开家后,沿路漫无目的地走,不知不觉中她走到了一个很远的地方。此时,她又累又饿,昏倒在路边。恰好有一个善良的小伙子经过这里,就把她救回了家。后来,他们结成了夫妻。他们相亲相爱,共同劳动,几年的光景,就成了有良田百亩、肥羊千只的大户人家。他们好心地周济贫困的乡亲,受到了大家的尊敬。

女子的前夫因为没人管束,沉迷于赌博中不可自拔,还把家产挥霍一空。

有一年,碰上闹饥荒,他就逃荒到了前妻居住的地方。女子家每天都给饥民们施舍饭菜。

这一天,轮到他的时候,饭菜正好分光了,分饭的人见他可怜,就叫他到厨房去吃。女子看见她,想起以前的夫妻之情,便把一枚金戒指放在碗里,盛上饭给他吃。

当前夫咬到了戒指时,认出了这家的女主人就是被自己赶走的妻子。他羞愧难当,一头撞死在灶台上。

由于他魂魄不散,玉帝就封他当了灶王爷。这天正好是农历的腊月二十三,所以每年的这一天,百姓都会供奉拜祭灶王爷,民间称之为"祭灶"。

百鸟朝会

瑶族同胞中流传着这样一个美丽的传说:

很久以前,在一个小村子里住着一个名叫扎妥耶的老头儿。他既善良又勤俭,邻居们都很喜欢他。

当扎妥耶六十岁的时候,仍然没有孩子。他和妻子很着急,就去求女娲娘娘,希望她能赐给他们一个孩子。老人的真诚感动了女娲,有一天,这个愿望真的实现了。

一天晚上,他们做了一个梦,梦到了一只孔雀。闪着金光的孔雀说:"我想当你们的女儿。"之后,扎妥耶的妻子怀孕了。后来孩子出生后,他们看到她是个美丽的女孩,心中十分高兴,就给女儿起名叫阿扎玛娜。

阿扎玛娜六个月的时候就会走路,三岁的时候就能放羊,六岁的时候就能绣花,七岁的时候就能到地里干活,到了十六岁的时候,人间所有的手艺,她都学会了。

美丽的阿扎玛娜到了十七岁时,能用灵巧的手绣出许多花草和鸟雀,就好像真的一样。但阿扎玛娜并不满足,她更加勤奋地学习刺绣,到了十八岁的时候,她绣出的鸟儿都能展翅飞

翔。她一共绣了三百六十天,绣出了三百六十只鸟儿。这些鸟儿繁衍后代,使人间变得更加多姿多彩起来。

村里有一个好色的小官名叫亨洛,当他得知阿扎玛娜又能干又美丽后,就想娶她做小妾。但是成群的牛羊和贵重的首饰都打动不了姑娘的心,气急败坏的亨洛就把阿扎玛娜抢走了。

阿扎玛娜的不幸遭遇让乡亲们知道了,他们拿着刀剑去追赶亨洛,亨洛被射死了,阿扎玛娜也掉下了悬崖。当人们把阿扎玛娜从悬崖下救上来时,她已经奄奄一息了。当天晚上,她就变成了美丽的金孔雀飞走了。

从那以后,金孔雀每年都要带着许多的鸟来村里,人们都说是阿扎玛娜来看乡亲们了。

幸　福　鸟

　　从前，西藏有一个贫穷的地方。那里气候干燥，环境恶劣，没有树木，没有河流，更严重的是没有太阳。这里的人们世世代代辛勤劳动，生活却过得十分艰辛，人们都盼望过上幸福快乐的生活。

　　传说，有一只美丽的鸟，名叫"幸福鸟"。它住在东方很远很远的雪山顶上，它飞到哪儿，哪儿就会有幸福。

　　因此，这个地方每年都会有人去找幸福鸟，可是出去的人一个也没有回来过，这是因为雪山脚下有三个长胡子妖怪，他们只要吹吹胡子，就能要了人的命。

　　有个勇敢的孩子叫汪嘉，他决心去寻找幸福鸟。日子一天天过去了，汪嘉走了很多路。终于，他看见前面有一座大雪山，就迈开大步向前走去。

　　突然，前面出现了一个黑胡子妖怪，说话像乌鸦叫："你是谁？到我这儿来干什么？"

　　"我叫汪嘉，我来找幸福鸟！"孩子回答。

　　黑胡子妖怪听了哈哈大笑："就你这鸡蛋大的孩子，也想来找幸福鸟？我叫你在乱石滩上走三十三里路，你就没命了！"说完，他吹一吹胡子，前面平坦的道路一下子变成了乱石滩，每块石头都像尖尖的刀子。

汪嘉一点也不怕，朝乱石滩走去。刚走了一里路，鞋子就被尖石头划破了。他又走了一里路，脚底板也被尖石头刺破了。走呀走呀，他实在走不动了，就趴在乱石滩上，一步一步地向前爬。他的手心划破了，膝盖磨破了，这才走完了三十三里乱石滩。可是汪嘉又碰上了黄胡子妖怪。

黄胡子妖怪吹一吹胡子，前面平坦的道路一下子变成了大沙漠，找不到一点儿吃的东西。

汪嘉走着，走着，饿得头发昏，眼发黑，浑身没一点力气。但他还是鼓着劲往前走，走出沙漠。接着，他又碰上了白胡子妖怪。

白胡子妖怪吹一吹胡子，把汪嘉的眼珠吹出来，汪嘉变成了瞎子。汪嘉用手摸着地一步一步地往前爬，爬上了大雪山。幸福鸟就站在山顶上。幸福鸟问他："孩子，你上来找谁呀？"

汪嘉不知道谁在跟他说话。他说："我来找幸福鸟！"

幸福鸟用翅膀拍拍汪嘉，汪嘉身上的伤口马上就好了。幸福鸟用嘴吹了吹汪嘉的眼窝，汪嘉的眼珠飞回来了。汪嘉看见幸福鸟就站在自己的面前，别提有多高兴啊！

幸福鸟让汪嘉骑在自己的身上，张开翅膀飞上天，一直飞到西藏，飞到汪嘉的家乡。"太阳，太阳，快升起来！"幸福

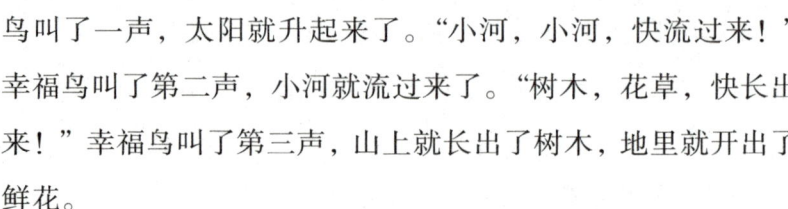

鸟叫了一声，太阳就升起来了。"小河，小河，快流过来！"幸福鸟叫了第二声，小河就流过来了。"树木，花草，快长出来！"幸福鸟叫了第三声，山上就长出了树木，地里就开出了鲜花。

大家高兴地说："幸福鸟给我们带来了幸福！"幸福鸟却说："不，是勇敢的人、勤劳的人自己找到了幸福。"

懂兽语的海力布

从前,海力布是蒙古大草原上一个英勇的猎人。他是一个十分友善的人,而且乐于助人。他常常会把打到的猎物分给大家。因此,大家都很喜欢他。

有一天,海力布从老鹰的嘴里救了一条小白蛇。小白蛇是龙王的女儿,她告诉海力布,龙王会报答他,让海力布随便挑选龙宫里的宝物。小白蛇提醒海力布,龙王给他的任何珍宝都别要,只要他嘴里的一块宝石。只要得到了这块宝石,把它含在嘴里,海力布就能听懂所有动物的话。小白蛇又警告海力布,从动物那里听来的话,只能海力布一个人知道,不准向别人说,如果他对别人说了,他就会变成石头。

海力布听了小白蛇的话,面对龙王的各种珍宝不为所动,只要了龙王嘴里的那块宝石。

海力布含着神奇的宝石,就听懂了所有动物的话。几年下来,他打到的猎物数都数不清。一天,他听到一群飞鸟说:"大山就要裂开,洪水就要暴发,这里就要被淹没了。"海力布知道后,急忙跑回了家,把这个可怕的消息告诉了人们。但是,

· 137 ·

人们都不相信海力布的话,他们要海力布拿出证据来证明他没有说谎。海力布为了救大家,说出了自己能听懂鸟语的原因。海力布一边说,身体一边变成了僵硬的石头。人们相信了海力布说的话,急忙赶着牛羊离开了这里。不久,洪水真的来了,可大家没有受到一点伤害。

洪水退去后,人们回到了家乡。他们找到了海力布变的石头,心中十分悲痛。为了让子子孙孙都纪念海力布,人们把那块石头放在一座小山顶上。如今,仍然有一块石头名叫"海力布石头"。

葫 芦 笙

  从前，彝族同胞都居住在一个寨子里。有一户贫穷的农民也住在这里。他们有一个独生女儿，长得十分漂亮。

  等到姑娘十八岁的时候，很多人都前来登门求亲。无论是穷人还是富人，都想娶这个美丽动人的姑娘为妻。

  姑娘的婚事，叫父母很为难：许给财主，姑娘不喜欢；不许吧，得罪了财主会招来祸端。老两口合计了三天三夜，想了个办法，他俩给了姑娘一匹马、一只狗和一只老公鸡，叫姑娘离开家门，远远离去，还告诉她："马走到哪里不肯走了，狗咬了，公鸡叫了，哪里就是你的安身处了。"姑娘含着眼泪听从了父母的安排，骑着马，带着狗和公鸡，离开了家，离开了村子，向远方走去。

  她走啊，走啊，不知翻过多少座山，蹚过多少条河，也不知走了多长时间，终于前面出现了一个村子。姑娘骑马进了村子，经过一家雕龙绣凤的大门，门口两边，一边有一只石狮子。但是马没有停，狗没有咬，公鸡也没有叫。

  姑娘就骑着马，狗和公鸡尾随马的后面，继续朝前走。走

啊，走啊，走啊，不知又翻过多少座山，蹚过多少条河，也不知走了多少时候，只觉得山越来越大，沟越来越深，树越来越密。走着走着，她走到一座山上。这时，姑娘看见密密麻麻的树林里有一股烟升起，她就叫马向有烟的地方走去。

在树林里，有一个用树枝、树叶搭成的窝棚。当姑娘骑马经过窝棚时，马忽然不走了，狗汪汪地叫了，公鸡喔喔地啼叫，好像到了家似的欢喜。姑娘抬头看看天色，太阳已经偏西，天很快要黑了。姑娘就走近窝棚，看见一个小伙子蹲在火塘边，窝棚里空空荡荡的，除了两张打猎用的弓弩，一把锄头，一只水瓢，一条木槽，其余什么东西也没有。年轻的猎人抬头看见姑娘，一下子就惊呆了：哪里来的这么漂亮的姑娘，难道是从天上掉下来的？

等小伙子像做梦似的醒过来时，姑娘对他说："今晚我要在你这里搭个床借宿一晚上。"年轻的猎人一听，更加惊呆了，心想：这姑娘像孔雀那样漂亮，像鲜花那样娇嫩，我家里穷得生不起火星子，睡的是一个木槽，垫的是毛毛糙糙的雀毛、兽皮，怎么能叫这么一个姑娘和我一起过穷苦生活呢？他说什么也不肯答应姑娘借宿一晚，而姑娘不管猎人怎么劝说，说什么也不肯走。

这样过了两天，姑娘见猎人老实正直，越发不肯走了，到第三天，她想出个办法。她打了三瓢水倒在小伙子睡觉的木槽里头，让他睡不成觉。这几天年轻的猎人见姑娘不仅美丽，而且善良勤劳，很有志气，觉得真是个不错的人。于是，两人在一起久了，互相有好感，就成亲了。

他们相亲相爱。可是，猎人有时要上山打猎，他们总要暂时分开一下。怎么办呢？姑娘想了个好主意，她画了一张自己的像，贴在木牌上面，对猎人说："你舍不得离开我，就把这块木牌带着去打猎干活。这样，你就可以随时见到我了。"从此，年轻的猎人上山打猎，下地做活，都随身带着木牌，打猎跑得飞快，干活也很有激情，心里美滋滋的。

一天，猎人正在山上打猎，突然，天空中乌云密布，狂风乱起。猎人携带的木牌被大风刮跑了。一个财主捡到了这块木片，一看，惊呆了，口水都流下来了："是哪里的姑娘竟长得那么漂亮！要是把她讨来做我的老婆，我的万贯家财心甘情愿都掏给她。"财主派家丁拿着这张木牌像到处去查访。大批家丁到处查啊查，找啊找，也不知查了多少天，找了多少地方，最后，终于在密林中找到了这个姑娘，他们就把她抢走了。

姑娘临走时小声告诉猎人，叫他过三年三个月零三天以后，穿上雀皮衣裳，吹着葫芦笙，到财主家院子里唱歌、跳三圈，就会见到她了。

姑娘被财主抢走以后，年轻的猎人心里非常愁闷，过一天就像熬一年一样。好不容易熬过了三年三个月零三天，猎人穿上雀皮衣裳，来到财主家，在他家院子里吹着葫芦笙唱歌，绕着院中央跳了三圈。果然，姑娘听见葫芦笙响，笑着奔出来同猎人相见。

财主见了感到很奇怪："姑娘来到我家三年，从来没有见她笑过，今天见到穿着烂皮毛衣裳的人，怎么会高兴成这个样？我要是把雀皮衣裳穿上，姑娘不也对我笑了吗？"财主仗势欺人，硬是把猎人的雀皮衣裳抢过来套上。财主刚穿上雀皮衣裳，姑娘马上机智地叫起来："妖魔鬼怪来喽！妖魔鬼怪来喽！"家丁听见叫声赶忙跑过来，拿起棍子就打。财主转身想逃，家丁们搭起箭，不管三七二十一，向着毛茸茸的怪物张开了毒弩，劈头盖脸射去。老财主一下子被乱箭射死了。年轻的猎人和姑娘团圆了。两个人又回到深山老林里，上山打猎，开荒种地，过着自由自在、美满幸福的生活。

从此，彝家每逢娶亲嫁女，逢年过节，都爱吹葫芦笙，跳舞、唱歌，祝贺这对坚贞的猎人夫妇团圆，吹葫芦笙便成了欢庆娱乐的活动之一了。

望 夫 石

　　从前有东西两个村庄，一条清澈的小河把它们给隔开了。在东村里住着一位年轻的姑娘，名叫贞娘。贞娘家境贫寒，她与母亲在村庄里租了一块桑地，母女两人就依靠养蚕、缫丝来度日。

　　贞娘长得非常漂亮，她喜爱穿素白的衣裙，不论是站着还是坐着，都活像是用白玉雕琢而成的。春天到了，贞娘就像千万朵花中的一朵梨花。夏天，贞娘像飘浮在蓝天上的一朵白云。秋天，她像银河上悬挂的一轮皎洁的明月。冬天，她像高空飞下来的雪花。贞娘如同仙女一般心灵手巧，她能织会纺，养的蚕又壮又肥，结成的茧又大又白。她还能缫又细又软的丝，能织又光又平的绸。

　　村子里的小伙子们没有不喜欢贞娘的，他们总喜欢跟贞娘在一起。贞娘去采桑，小伙子们就争着到桑地去割草；贞娘到河边洗衣裳，小伙子们就抢着到河边去挑水。

　　一座小石桥横跨在小河上。贞娘那颗纯洁的心就飞过了小石桥，整天跟随着西村的一位勇敢的青年。

　　这个勇敢的青年名叫韩夫,他的父母都去世了,依靠打猎为生,不知从何时起,他练就了一身好本事。韩夫的大名无人不知,无人不晓,他一枪曾扎死过深山里的猛虎,一箭曾射下飞翔的大雕。他能攀上万丈高的悬崖,能下幽深的山谷。他登上山巅高呼一声,就能把山鹰惊飞。他走进森林里一跺脚,就能吓得豹子发抖。

　　山上山下的姑娘们没有不喜欢韩夫的,总愿意跟韩夫在一起。韩夫早晨上山打猎,有的姑娘就悄悄地来到他家里,给他烧火做饭,帮他缝缝补补。韩夫出去赛马,有的姑娘就会把自己亲手做的荷包、鸡心、花带,偷偷地从窗户的破孔里投到韩夫的屋里。

　　韩夫很感谢她们,但是,他并没有接受那些姑娘们的爱情。因为他那颗火热的心,早已经飞过了小石桥,整日整夜地跟随着可爱的贞娘,与贞娘的心联结在一起。

　　有一天,贞娘正在河边洗衣服的时候,猛然看见一个倒影出现在小河里:一匹黑骏马,从河对岸走过来,一个魁梧的青年骑在马背上。贞娘抬头一看,啊,马上的青年正紧紧地盯着她,一刻也不肯放松!贞娘心里高兴极了!马背上的人正是她日思夜想的韩夫。

　　贞娘很想把自己的心事告诉韩夫,可奇怪的是,她怎么也说不出口。韩夫也想把自己的心思告诉贞娘,可奇怪的是,他喉咙里硬是发不出声音来。话在嘴里打转,心在胸中怦怦直跳,贞娘害羞地低下了头,韩夫也害羞地拍拍骏马继续向前走。

夜晚,贞娘翻来覆去睡不着。韩夫也一样。贞娘从枕头底下抽出一支箭。韩夫从胸口取出一方罗帕。他们的眼前又出现那一幕惊心动魄的场景。

那是一个夏日的黄昏。五彩的云霞铺满了整个天空,烘托着金红的夕阳。小草和树木被阳光晒得垂头丧气,此刻它们又挺起了胸脯,深深地呼吸着新鲜的空气。

贞娘和她的伙伴们在桑林里穿来穿去,采摘着桑叶。欢乐的歌声传遍了整片桑林。

突然间,一只凶猛的老鹰飞进了桑林。那群白色的鸽子被吓得四处逃窜。一只黑嘴长尾的小鸽子,被凶猛的老鹰追着吱吱地惊叫着,万分危险。这场景吓坏了贞娘。她不断地惊呼:"这可怎么办?"话还没说完,小鸽子就被老鹰给抓住了。它惨叫起来,白色的羽毛像白牡丹的花瓣一样纷纷散落。贞娘她们正惊呼"救命"时,忽然,嗖的一声,山坡上飞来一支箭,不偏不倚,恰好射中了老鹰的眼睛。老鹰和小鸽子摔了下来,噗的一声落在贞娘的身旁。老鹰死了,小鸽子受了很重的伤。贞娘拔出那支箭,只见箭杆上端端正正地刻着勇士韩夫的名字。

贞娘捧起受伤的小鸽子,拿出一块罗帕,裹起小鸽子受伤的头颈,把小鸽子放在篮子里,又将篮子放在河里。篮子像只小船,慢慢地顺水而去。贞娘望着远去的小鸽子,低声地说道:"你去吧,前面就是韩夫的家,你的恩人,这时候正在小

河里洗马。"

是真的！此时，韩夫正在水里，低着头，拿刷子给马洗澡。忽然间，黑骏马长嘶了一声，他抬头一看，原来水里漂来了一只篮子。他拾起篮子一看，篮子里正是那只受伤的小鸽子！他高兴极了，捧起鸽子，快速地奔进屋里。

韩夫从鸽子颈上解下那块罗帕。罗帕上绣着朵美丽的红花。这是谁的呀？突然韩夫看到花心里嵌着贞娘的名字。他惊喜地叫起来："贞娘！贞娘！"

韩夫仿佛呆住了一样，他捧着那块罗帕，出神地盯着贞娘的名字，好久都不说话。从此以后，韩夫的心就被这块罗帕给紧紧地裹住了。

一天晚上，月亮像个大圆镜挂在天空中，泻着银色的月光。几颗明亮的小星星，调皮地眨着眼睛。鸡不鸣，狗不叫，四周寂静无声。

贞娘在院子里整理着桑叶，一只小鸟突然飞过来，落在一棵梅树上。贞娘抬起头来，看着树上的鸟，黑嘴、长尾巴，很像她曾经救过的那只小鸽子，只是羽毛丰满了，长大了，贞娘高兴地站起来。小鸽子对她叫道："贞娘姐姐，韩夫哥哥在小石桥上等你，快去！快去！"

呀！小鸽子怎么会说话了？贞娘感到很奇怪,听到小鸽子让自己去见韩夫，她心头就忍不住怦怦直跳。她忙将桑篮放在地上，不梳妆也不打扮，一口气跑到了小石桥上。

韩夫打猎回来，正骑着黑骏马从山坡上慢慢往回走，突然，一只小鸟落在路边的岩石上，对他叫道："韩夫哥哥，贞娘姐姐在小石桥上等你，快去！快去！"

韩夫仔细地观察了那只小鸟，黑嘴、长尾巴，韩夫认出这就是他以前救过的小鸽子。可小鸽子怎么开口说话了呢？韩夫愣住了，他正准备问问，小鸽子就拍拍翅膀飞走了。韩夫赶紧骑上黑骏马，大声吆喝了一声，黑骏马飞快地朝山下跑去。贞娘与韩夫在小石桥上相遇后，两人互相表明了心意。

此后，韩夫和贞娘每晚都会趁月亮爬上树梢时来到小石桥上相会。相比以前的沉默不语，现在只要两人的话匣子打开，就会说个没完没了。每当他们在甜蜜地互诉衷肠时，住在桥洞里的蝙蝠都会飞出来，在他们头顶上飞来飞去，好像在为他们伴舞。有时候树上熟睡的小鸟都能被他们快乐的笑

声惊醒。

　　韩夫和贞娘以那支箭和那块罗帕作为信物，两人暗自私订了终身。

　　好消息总是传得特别快，很快，韩夫和贞娘相爱的消息，像一阵风似的在村里传开了。年老的听了这消息，高兴地夸奖他俩真是天生的一对好夫妻。年轻的听了这消息，对他们两人羡慕极了。但是，这个消息却气坏了麻庄的麻荣。麻荣有五十多岁，是当朝的国舅爷。他早就看中了贞娘，派人来提过几次亲，可是每回都被贞娘坚决地拒绝了。当他听说这个消息，心里恼怒万分，当下就命一众家仆去把那座小石桥拆掉了。麻荣能拆掉石桥，却拆不断他们的爱情。韩夫和贞娘依旧天天在河边相会。

　　有一天，雨刚刚下完，天还是灰蒙蒙的，贞娘独自到地里采桑，忽然，树上的乌鸦大声叫了起来，村口的黄狗也汪汪地叫着。贞娘感到很奇怪，心中非常不安，赶紧采下几把桑叶放进篮子里准备回家。就在这时，对面大路上来了一伙人，穿戴华丽异常，举止也很斯文，好像是富贵人家的公子出来游春踏青一样。

　　贞娘心里想：这群人是干什么的呀！算了，不管它。她挎起篮子就往家走去。

　　事实上，大路上走过来的这群人，不是别人，而是当朝的皇太子和他的随从们。这位皇太子早就听闻贞娘的美名，很想看个究竟。这天,他心里闷闷不乐,就带了几个随从,便装打扮,偷偷地来到这里探访。

皇太子看见美丽的贞娘后,便让她站住,可贞娘却逃进了桑林,皇太子要去抓贞娘,又被贞娘逃脱了。贞娘惊恐万分地回家后,将这件事告诉了母亲,母亲决定赶紧为贞娘和韩夫举行婚礼。

傍晚,太阳即将落山,余晖把原野和房屋染得金亮亮的。几只喜鹊在屋顶上跳来跳去,不停地叫着。大门口的几株红梅直直地挺立着,浓郁的芳香弥漫整个院子。贞娘家中充满了喜气,人们纷纷来参加韩夫和贞娘的婚礼。

贞娘最亲密的伙伴和其他年轻的姑娘们一早就来到贞娘家,她们一面帮助贞娘收拾新房,一面逗贞娘,说得贞娘那白嫩的脸颊上,泛起了红晕。

新房里点着明晃晃的蜡烛,白桑皮纸窗户上的那个大"喜"字被映得分外显眼。

西村里的小伙子把韩夫送来了。男男女女把韩夫和贞娘团团围起来。大家在洞房里不断喧哗着,大肆逗弄着新娘和新郎。

可好景不长,麻荣知道贞娘成婚后,立刻带着家丁来大闹了一场。韩夫和贞娘决定远离这里,去寻找幸福的地方。

韩夫和贞娘离开家乡后,他们日夜兼程,翻过了一座又一座大山,越过了一条又一条河流,走过无数的村庄,走过无数的市镇，他们看到百姓经常被官家欺侮，穷人四处被财主欺凌。庄稼人的生活充斥着贫困、饥饿、疾病、死亡。

一天，他们来到一个州城。突然，一群官兵一拥而上将贞娘抓走了。原来，皇太子对贞娘念念不忘，于是皇后娘娘下令让各州官员捉拿贞娘。

韩夫正在大喊，大路上走来了一队人马，两个人在队伍前面打着开道大锣，后面是八抬大轿，一位威风凛凛的大官正坐在里面，韩夫一见大官来到，急忙上前去，跪在地下："青天大老爷，我是冤枉的……"

话没有说完，这官员大喝一声："大胆韩夫，居然敢拐带民女私逃，快快与我拿下。"

韩夫只觉这声音相当耳熟，他猛然抬头一看，这官员竟然正是那奸诈的麻荣！原来，最近有外敌入侵，皇上命国舅麻荣前往京城领兵，麻荣正好路经这里，便看到了韩夫。于是，他马上下令捉拿韩夫。

韩夫被五花大绑带到京城去了。

贞娘被抓进宫后，死活不肯屈从于皇太子，皇后娘娘一怒之下，把她关在后花园里一座冷清的高楼上。

一天清早，贞娘被带到了御花园里。御花园里，坐着娘娘、皇太子和麻荣，还有几个刽子手，拿着雪亮的钢刀，站在两边。一个被绑着的年轻人，正在厉声说道："我一不是强盗，二没犯法，你们抓我干什么？"

贞娘定睛一看，那正是她日夜想念的韩夫啊！

皇后娘娘看见贞娘被带来了，便拍拍桌子，凶狠地对贞娘说道："贞娘，看看这个。你该死了心吧！"

贞娘没理皇后娘娘，她喊了一声"韩夫"就向韩夫扑去。几个刽子手架起一排雪亮的钢刀，不让她过去。贞娘不管这些，牙一咬，胸一挺，推开钢刀扑上去，抱着韩夫开始痛哭起来。

韩夫说："贞娘啊！不要哭，强盗们能

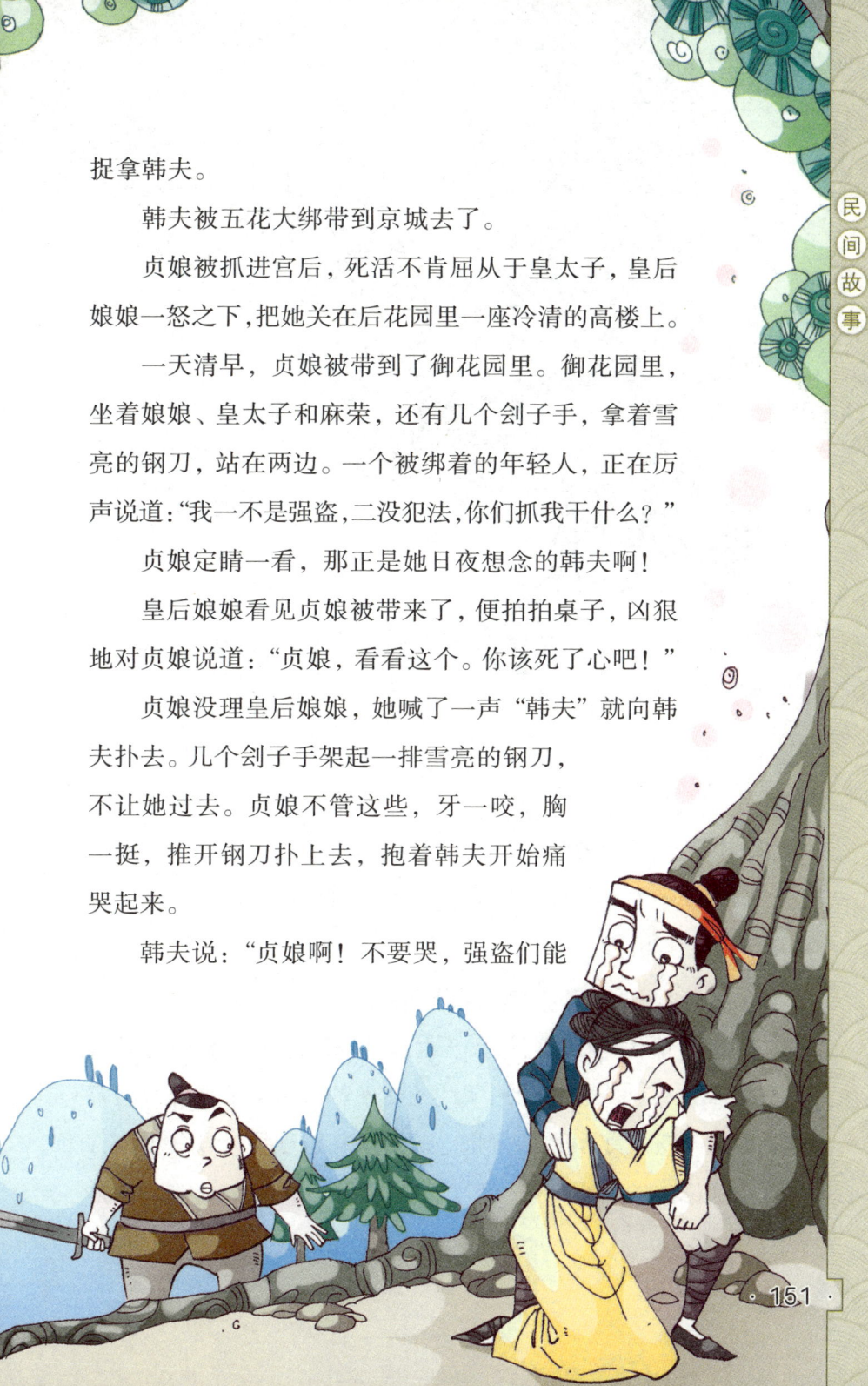

杀掉我们的头，但是他们却不能动摇我们的心。"

贞娘哭哭啼啼地说："原来指望出来能找到幸福，谁知道反进了狼窝。"

韩夫眼眶也红了，热泪在不停地打转。

皇太子看见这场景气坏了，皇后娘娘也气坏了。他们决定让韩夫跟着麻荣去迎击外敌，借此拆散韩夫与贞娘。

韩夫被押走了，贞娘晕倒在地上。

麻荣带兵来到边疆后，一天，皇后娘娘派人送来一封信，让麻荣处死韩夫。麻荣用蒙汗药迷晕韩夫后，把他绑在马背上，将马赶往了敌人的营帐。谁知马却跑进了对方公主的营帐。这位公主救了韩夫，经过一段时间的相处，这位公主爱上

了韩夫，可韩夫却拒绝了她的爱情。

有一天，公主出帐巡逻去了，韩夫忽然听见营帐上有轻轻的呼唤声："韩夫哥哥，韩夫哥哥……"

韩夫睁开眼睛，忽然看到那只黑嘴、长尾巴的鸽子飞到身边，韩夫惊喜万分，急忙问它："可知道贞娘在哪里？"

鸽子点了点头。

韩夫于是写了一封信，他把信系在鸽子的脚上，鸽子展开翅膀飞走了。

贞娘从鸽子那接到了韩夫的信，心中非常高兴。她盼望能与韩夫相聚。

过了很长一段时间，公主见韩夫对她依旧

十分冷淡，无奈之下只好放了韩夫。韩夫立即日夜兼程地朝京城赶去。

在历经千辛万苦之后，韩夫终于在高楼下见了贞娘一面，他们约定明日菩提寺钟响第一遍时在山门前相见。

这天夜里，贞娘做了一个梦，梦见她好不容易逃出来后，皇太子却假扮成韩夫把她骗上马车抓走了。

第二天，皇后娘娘用计留住贞娘喝酒，麻荣带着一百名御林军悄悄地到菩提寺山门的路边设下埋伏。

菩提寺刚敲过头遍钟，韩夫就骑上黑骏马，向山门前快速奔去。

韩夫到了山门前，左看右看都没有见到贞娘的身影，叫了几声，也没有回音。他心里想：难道出了什么意外，还是她没有看清……韩夫正低头沉思，忽然听见一阵呐喊，四周冲出许多士兵，为首的正是麻荣。

韩夫气极了，抢过一把刀，一连砍倒好几个士兵，其余的只敢在远处摇旗呐喊，再也没有人敢冲到韩夫跟前。麻荣急坏了，他手一挥，命弓箭手放箭。韩夫只顾挡刀枪，没提防身后的暗箭，右肩中了一箭。他牙一咬，将箭拔出来，可是手臂就像折断似的疼，再也举不起来了。原来，这是一只毒箭，他只好用左手挥刀，边战边向后退。

麻荣奸诈得很，他见韩夫受伤，就紧紧地压上来，把韩夫逼在一个深深的山谷边。

正在危急关头，鸽子飞来，落在韩夫的肩头，韩夫赶紧对鸽子说："快去告诉贞娘！"

鸽子经过长途跋涉，已经十分疲累，但它还是展开沉重的翅膀，刚刚飞过韩夫的头顶，一支冷箭射穿了它的胸膛，噗的一声，它摔倒在黄土地上，拍了拍翅膀，再也飞不起来了。韩夫见状，心里难受极了，不由得洒下了几滴热泪。

为了爱情，为了能早日见到贞娘，韩夫在菩提寺前，英勇地抗击着无数的士兵。

寺里的第三遍钟声响了，贞娘慌慌张张地奔到山顶。她四处张望，可是依然没有看到韩夫。

她高声叫道："韩夫！你在哪里？韩夫！你在哪里？"

四周一片寂静，没有鸟飞过，也没有一个人走动。韩夫怎么还不来呢？

她想：难道他在左边的山头！她跑到左边的山头上，不断地呼叫，仍然是静悄悄的。

第四遍钟声又响了，可是韩夫还是没来到。

钟声响过第七遍了。巨雷如战鼓般响着，狂风如狼嚎般刮着，猛雨像漏了的江河一样，不停地下。

皇太子来了，他走近贞娘的身边，轻声地说道："回去吧！听！雷声多可怕。"

贞娘没有动弹，也没说话。

皇后娘娘来了，她鼻子里冷哼了一声，说："快快走吧！

看！狂风要把你卷走了。"

贞娘仍没有动弹，也没有说话。

麻荣也来了，他眯着眼，气狠狠地说道："快快回去吧！看！雨水要把你冲走了。"

贞娘仍没有动弹，没有说话。

皇太子、皇后娘娘和麻荣三人气极了，他们一起说："告诉你，韩夫已经死掉了！"

奇怪的是，贞娘仍然一动也不动。皇太子急坏了，伸手去拉她。贞娘像生了根似的，一动不动。

皇后娘娘和太子一起来拉，也拉不动。

麻荣也来拉，三个人一起用力，还是拉不动。

贞娘啊，牢牢地立在山顶上望韩夫。

第八遍钟声响了，忽然间，一声惊雷响起，皇太子摔倒在山上，皇后娘娘拉起他，刚走了两步，狂风又把他们卷进了山沟，麻荣赶快下去营救，山洪凶猛地冲过来了。三个人高呼："救命啊！救命啊！"

雨，不停地落着；雷，不停地响着；风，不断地刮着。他们喊破了嗓门也没人听见。

忽然间，一声巨响，山崩地裂，熊熊的火浆从山顶喷射出来，把皇太子他们三人深深地埋在山下。

风雨过后，菩提寺后出现了一座高耸入云的山峰，山峰上立着一尊洁白如玉的少女像。

那少女的脸，非常洁净，如同白玉一般，她的眼睛像天上的星星那样明亮。她身上洁白的衣裙仿佛在微风里轻轻地飘着。

她踮着脚，仰着头，看着遥远的地方，盼望着与韩夫早日相聚。

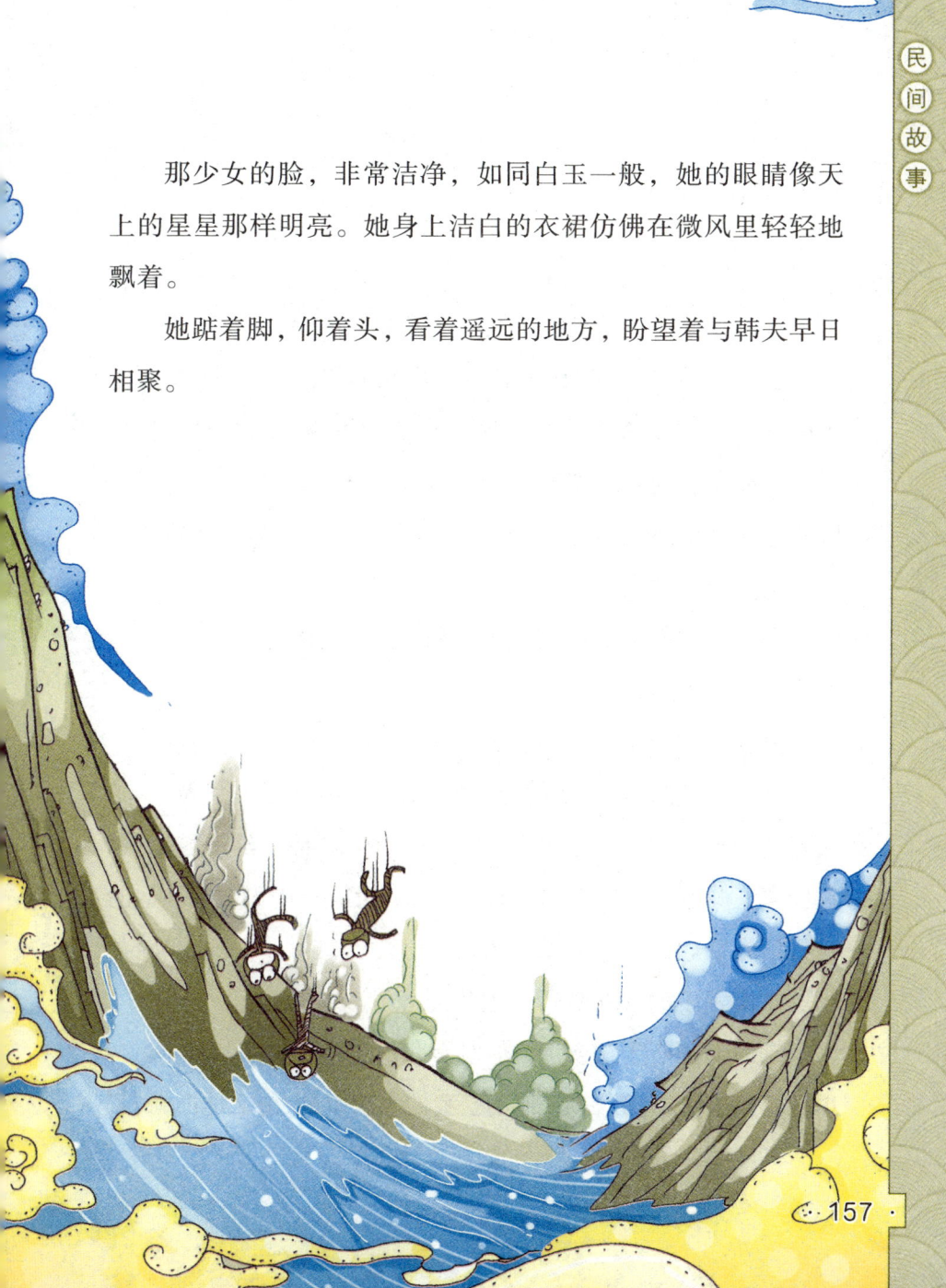

夜 明 珠

东海龙王有位生得很美丽又非常聪明的女儿。

这一年,东海龙王的女儿到了出嫁的年纪。于是,东海龙王张罗着为女儿选女婿。可他女儿谁也不要,东海龙王急坏了。东海龙王问她:"我的宝贝女儿,你要找个什么样的女婿呢?"女儿回答:"父王,我一不爱钱,二不爱势,我要找一个诚实、勇敢的人。"

东海龙王就下了一道命令,命文武百官去寻访。

龟丞相推选了一位,她不中意。

蟹元帅推选了一位,她不喜欢。

一天,黄鳝将军从江河巡逻回来,他推荐了一个人。

这个人叫阿二,住在河湾旁的高山下。他诚实、勇敢,远近闻名,但由于父母双亡,家中贫寒,没有娶媳妇。他和他的哥哥住在一起,兄弟俩靠打猎为生。

东海龙王的女儿听后,眼睛笑弯了。

东海龙王听了皱皱眉,他对女儿说:"儿啊!一来,诚实、勇敢不知道真不真;二来,他不是我们水族里的,怎么能配婚?"

女儿见父王不答应，从此，她不梳妆也不打扮，躺在床上不起身。

东海龙王拿不定主意，心里烦闷。虾太师献上一条计谋，东海龙王听了，立刻笑嘻嘻。

这晚上，阿二做了个梦。梦里，一个白发老公公对他说："阿二，有一个姑娘在河湾滩上等你，快去向她求婚吧！"

阿二心里高兴，就醒过来了。他把这件事说给哥哥阿大听。

阿大听了很嫉妒，他说："做梦哪能当真哩！不要胡思乱想了，睡吧！"

阿二睡着了，阿大偷偷地起来，赶到河湾去。

阿二醒过来，不见阿大，也不知道他到哪儿去了。他想：梦也许是真的呢！就披起衣裳，赶到河湾去了。

阿大来到河湾，阿二也赶到了。

圆圆的月亮，高高地挂在天上。微风吹过，河水闪着万道银光。萤火虫带着小灯笼在河滩上飞来飞去。可以清清楚楚地瞧见，一个年轻的姑娘坐在河滩的石块上，把她那长长的头发浸在河水里。

这姑娘美丽极了。阿大和阿二都走了过去，向她求婚。那姑娘回过头来，瞥了他们一眼，说："叫我答应谁呢？你们自己说吧！谁是最诚实、最勇敢的人？"

阿大和阿二都说："我是最诚实、最勇敢的人！"

姑娘说："好吧！最诚实、最勇敢的人，我现在需要一颗

夜明珠,如果谁给我拿来,我就嫁给谁。"

阿大和阿二问:"姑娘,夜明珠在哪里呢?"

姑娘说:"夜明珠在东海龙王那里。我给你们一人一支分水簪,有了这簪,就能下海了。"

说完,她将两支簪递给他们兄弟俩。

兄弟俩谢过姑娘后,就各自回去了。

东海在哪里呢?谁也没有去过。离这儿有多远?谁也不知道。

阿大向别人借了一匹马,骑着马,向大路上奔去。阿二背了一串草鞋,顺着河,向小路上走去。

他们日夜兼程,走了很多天。

一天,阿大来到了一个村庄。这个村庄正在闹水灾,许多田地被大水淹没了,许多房屋也遭了殃。老人和孩子都避到了山上;年轻人驾着船,划着板,在水里抢捞东西。原来,这里地势很低,这回下了近五天的雨,雨水都积起来了。

已经过了三天了,大水还没有退,大家都很着急。因为再不退,庄稼就会被淹死,浸在水里的房屋就要塌了。老年人都说:"咱们快到东海龙王那里去借金瓢吧!只有把金瓢借来,才能将水舀干。"

可是,谁能到东海龙王那里去借金瓢呢?

阿大到了这里,干粮正好吃完了,怎么办呢?他听到大家都说,要到东海龙王那里去借金瓢,就嚷开了:"我要到东海龙王那里去，如果你们给我准备干粮，金瓢我帮你们借！"

村庄里的人们，听说阿大肯替他们去借金瓢，都很高兴。大家情愿自己挨饿，也要把干粮凑起来给他，并且还抽出一只小木船，送他过河去。

过了两天，阿二也到这里了，他的干粮也早吃完了，一路上，靠打野味来糊口。他看见这里大水成灾，心里很焦急，就跟着那些年轻人，到水里帮乡亲们抢救漂走的东西。

阿二帮他们抢救了一天，听别人说，只要把东海龙王的金瓢借到，大水就可以舀干。于是，他就向乡亲们说："我是到东海龙王那里去的，金瓢我给你们借吧！只要能够下海去，我一定帮你们借到。"

他们要划船送他过去，阿二不肯，跳下水游过去了。

阿二到了东海边，阿大早已等候在海边了。

大海无边无际，像一个战场，杀气腾腾的。风吹着尖厉的号角，浪像千百名铁骑向海岸猛烈地攻击着。岸上几千斤重的大石头被浪轻轻一拂，就卷到海里去了。

阿大心惊胆战，哪敢下去。阿二来了，阿大就叫阿二先下海。

阿二毫不畏惧，拿起分水簪，就向浪里扑去。真奇怪！海水像被刀切一样，让开一条通道似的大路。阿大闭着眼，跟着阿二向海底走去。

他们到了东海龙王宫殿的门口，跟守卫说明来意，要见东

海龙王。

东海龙王见了他们,非常高兴,就带他们到宝库里去。他说:"好吧!你们要什么,就拿什么。不过我们这里有一个规矩,就是一次只能拿一样。"

说完,他用手一指,宝库的门就开了。

这宝库里,五光十色,绚丽多姿,好看极了。壁上挂的,桌上放的,全是各种各样的宝贝。

阿大一心想娶湾上那姑娘做妻子,他就捡了颗最大的珠子。这珠子金光夺目,照得整间屋子雪亮。他把它摘下来,藏在自己背上的口袋里。阿大要了夜明珠,还不知足,他还想要金元宝,却被看宝的一把推出来了。

阿二进了宝库,看见搁在架上的夜明珠,但他没有去拿。他想,已经答应给别人借金瓢,就应该拿金瓢。他向看宝的要了一个金瓢,就出来了。

东海龙王要留他们多玩几天,他们不肯,东海龙王就送他们出海了。

阿大到了岸上,骑上马,抽了几鞭,向前奔去了。阿二步行走得慢,远远落在他后面。

阿大经过那闹水灾的村庄,水还没退,许多庄稼死了,房子都塌了,人们站在路口等他。

人们看见他过来,一齐围上来问:"金瓢呢?"

他撒了个谎,回答:"龙王不肯借,我也没办法。"说完,他双腿一夹马，一溜烟走了。

过了一天，阿二到了。他过了河，就向在山上的人们叫道："乡亲们，快下来，金瓢借来啦！"

山上的人高兴极了，都下山来了。

阿二和大家就拿金瓢去舀水了。金瓢舀了一瓢，屋子里的水都退了；金瓢舀了二瓢，庄稼都露出来了；金瓢舀了三瓢，平地的水都干了。

啊！水底露出来一只大河蚌！水退了，搁浅在一块洼地里。没有水，河蚌也死了。大家扳开蚌壳一看，里面有一颗斗大的黑珠子。

村子里的人们把这珠子送给阿二。他们说："闹了水灾，哪还有什么好东西来谢你？收下这颗珠子做个纪念吧！"

阿二谢了一声，就把这珠子放在背上的口袋里，他跟村庄里的人们拉拉手，告别回家了。

这回，他虽然没有拿到夜明珠，但帮别人做了一件好事，心里仍然很开心。

阿大几天前就到家了。他在河湾上找到那姑娘，拿出那颗光芒耀眼的珠子，双手捧着，恭恭敬敬地给那个姑娘看，要求那姑娘马上跟她成亲。

姑娘说："这珠子是真是假，晚上看吧！"

晚上，阿大来到河边，从背上的口袋里取出那颗珠子来，啊！怎么这珠子在晚上一点也不亮呀？

阿大着急得哭起来了。他又气又恼，狠狠地把珠子一踏，碎了。珠子里淌出来一摊水，像脓一样臭。

隔一天，阿二也到了。他低着头，去见那姑娘："姑娘，请原谅，我没有把你要的夜明珠拿到。"

姑娘说："那么，你背上口袋里装的是什么呢？"

阿二说："啊！这是别人送给我的一颗普通的珠子。"

阿二把珠子拿了出来，乌黑黑的，一点光泽也没有。阿大在一旁冷笑道："呵，河滩上的石头也比它亮得多呢！"

姑娘却说："这珠子是真是假，晚上看吧！"

天黑下来了。阿二打开口袋，取出那珠子。

啊！这珠子真亮啊！捧在手上，像捧着天上的月亮。月亮跟它比起来，还显得暗淡呢！银色的光芒，照得河滩像白天一样。

那姑娘接过珠子，向高空一抛，珠子的光芒闪得让人睁不开眼睛。

阿大再睁开眼睛时，看见一座金灿灿的宫殿沐浴在银光中，那颗夜明珠被镶嵌在高高的屋顶上。阿二和那姑娘换上了华贵的礼服，两人手挽着手，相亲相爱地走进宫殿，去举行婚礼了。

阿大也想进宫殿，他来到宫门前，却被看门的拦住了。

长 寿 花

抚松县东面有一座最高的大山名叫长白山。绵延不断的长白山常年积雪、草木不生。山下有一个又大又深的湖。当时,人们管它叫龙王潭,现在则称作天池。

这座山,一到早晨日头刚冒红的时候,上面全被大雾笼罩着,什么也看不清。如果你站在老林子里,就能看到一对梅花鹿,嘴里叼着一棵绿草,上边还带着一团红红的籽儿,站在高高的石砬(lá)子上对天大叫。

这是怎么回事呢?说起来有一个美丽动人的故事。

在很早以前,这座山可不像现在这样,这个地盘也不为人间所管,而是玉皇大帝管的"仙境"。山上一年四季总是花鲜草绿,蝴蝶成群,一片片的长寿花开得又红又香。那时候,这座山还叫万香山,山尖上有个龙王潭,潭里的水分为三种颜色:上面是一层黑水,当中是绿水,最底下是白水。传说每年到三月初三那天,王母娘娘摆完蟠桃宴,玉皇大帝就带领一些神仙到万香山来看长寿花。玉皇大帝为了防备长寿花被凡人偷去,叫织女整整织了七天七夜,围绕山半腰织成了七层锦云,

罩住了山顶。这样还不放心，他又派了一条黑龙住在潭里，看管长寿花。

黑水龙王有三个女儿，大公主和二公主都出嫁了，只有三公主还待字闺中。她长得眉清目秀，和那长寿花一样俊。她不念经书，不学法术，整天从前宫玩到后宫，从宫里玩到宫外，日子长了，黑水宫都让她玩了个遍，就有些腻了。有一天，她听蟹婆婆说潭面上风景很好，玩的地方也很多，还有吃了能长生不老的长寿花。她心里老是惦念着要到上面去逛逛，可是，玉皇大帝怕潭中生灵到潭上惹是生非，派太上老君在上面洒下了一层黑水，谁也上不去，并把这件事列入天条，谁要违犯了就要遭贬。

玉皇大帝宫里有个银龙大王，和黑水龙王是连襟，平日常有来往。他的二太子，年龄和三公主相仿，脾气也相同，有一回私自到人间被太上老君碰上了，说他犯了天条，向玉皇大帝奏了一本，玉皇大帝大怒，把二太子贬到黑水潭苦修三年。二太子到黑水潭不久就和三公主熟悉了，两人常在一起玩耍。他们多么想到水面上去看看长寿花呀！一天，二太子想出来一个主意，对三公主一说，乐得三公主眉开眼笑。

第二天早晨，黑水龙王刚到黑水宫，就看见黑水娘娘领着虾兵蟹将，一个个东倒西歪，像掉了魂似的，见到黑水龙王一齐跪下，说："龙王，不好了。"

黑水龙王一见虾兵蟹将这个样子，吓了一跳，急忙问："你们这是怎么了？"

虾兵蟹将们说："因为我们成年累月连个日头影也看不着，道行都减退了，要是再见不到阳光，我们的道行就没了。"

蟹婆子补充说："让我们到潭面上去……"

黑水龙王本来不同意，但又一细琢磨，怕真的把虾兵蟹将的道行都弄没了，他这个龙王也就不用当了。他就穿上登云靴，来到玉皇大帝的灵霄宝殿，出班奏本说："启奏玉帝，我们黑水潭有件为难之事，不知该不该讲。"

玉皇大帝说："有什么事只管说，我不怪你就是。"

黑水龙王说："黑水潭里大小兵将道行都减退了不少，一个个东倒西歪，很难守住黑水潭和长寿花。"

"为什么道行都减退了呢？"

"因为黑水潭里的兵将终年在水底下，受不到日月精华，所以道行减退了。望玉帝开恩，让他们每天见见阳光。"

"那还了得，上了潭面，一定又要招惹是非，要是让凡人闯进来怎么了得！"

黑水龙王又说："前几天有个紫貂闯入黑水潭，想偷长寿花，多亏叫鳖将军抓住了。如果都失去了道行，守不住万香山，把长寿花传到人间，不更是大祸吗？"

玉皇大帝一想也有道理，就答应他们每天到潭面上见一个时辰的阳光，但一定要严加看管，免得闹事。

黑水潭里的虾兵蟹将听到这件事，都乐坏了。三公主和二

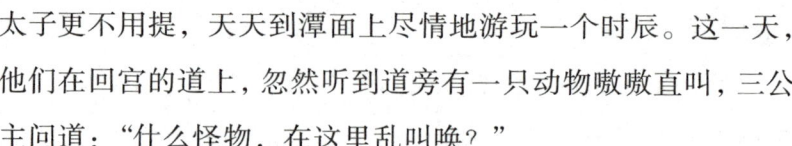

太子更不用提，天天到潭面上尽情地游玩一个时辰。这一天，他们在回宫的道上，忽然听到道旁有一只动物嗷嗷直叫，三公主问道："什么怪物，在这里乱叫唤？"

"公主不要生气，我是人间的紫貂。妈妈有病，来采长寿花，被抓进潭来，因想念妈妈，所以痛哭。"

公主一听是人间的动物，就说："人间的事你一定知道很多，讲给我听听。"

紫貂说："人间比万香山可强百倍，白天有日头，夜晚有月亮，地走不到头，天看不到边。花草树木，五谷杂粮，要啥有啥。男耕女织，世代相传，一点也不像黑水潭这样冷清。"

二太子在一旁说："人间是比这里好得多，那次要不是被老君碰上了，我才不回来呢！不过凡人就是不长寿。"

三公主又问："那是怎么回事？"

紫貂说："大多是得病死的。"

三公主对二太子说："表哥，咱们这儿有长寿花，它的根能治百病，除百瘟，益寿延年。我们要有下凡那天，把它带到人间一些，那有多好。"

紫貂乐得直跳："那容易，出了三江口，就到了人间。"

三公主说："你们不知道，这潭口有三道闸门，闸门用三把金锁锁着，三把金钥匙全都放在宝箱里，只有等我爹爹上天庭办事的时候，偷到钥匙，穿上巡水宝衣，拿上巡水宝剑才可能离开。"

紫貂一听，不由得想起了心事，直掉眼泪，说："公主呀，我要是采不回长寿花，妈妈的病好不了，家里的兄弟姐妹就全完啦。"

二太子说："三妹，我们不能见死不救，再说要能把长寿花带到人间，帮助凡人治病，该有多好呀！"

有一天，三公主听说黑水龙王又到天庭办事去了，她就慌慌张张跑到黑水后宫，见了黑水娘娘忙说："母后，不好了，紫貂把宝箱咬了个窟窿，要是把宝衣咬坏可糟了！"

黑水娘娘听了，忙从兜里掏出个小葫芦来，忙念道："葫芦开，葫芦开，吐出宝箱钥匙来！"连念了三遍，只见一道金光，从葫芦中飞出一把钥匙来。娘娘忙递给三公主说："这是宝箱钥匙，快去看看，千万不可误事！"三公主连声答应，转身就跑了出去。

三公主拿着宝箱钥匙，急急忙忙来到后院，打开宝箱，取出巡水宝衣和巡水宝剑，拿起小石匣，又忙回到前院，找到二太子和紫貂，一同来到潭口。三公主急忙从石匣里取出三把钥匙，开了闸门，披上巡水宝衣，举着巡水宝剑，冲了出来。潭中有些鱼鳖虾蟹也一块跟着跑出了三江口，从此三江里生长出很多鱼虾。

三公主和二太子到了人间，忙从怀中取出长寿花种，迎风一撒，眨眼工夫，到处开遍了通红通红的长寿花。紫貂高兴地说："三公主，你真是做了一件好事。"

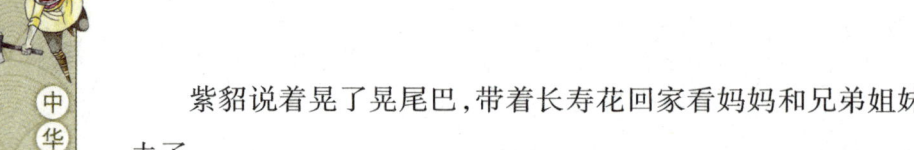

紫貂说着晃了晃尾巴，带着长寿花回家看妈妈和兄弟姐妹去了。

三公主和二太子偷走长寿花的事，很快就被玉皇大帝知道了。玉皇大帝大怒，对太上老君说："你带领五百天兵天将，前去查明此事，要严加惩处。"太上老君带领兵将，来到南天门外。

三公主和二太子正在种长寿花，忽见满天黑云，飞沙走石。三公主和二太子立刻觉得浑身发冷，知道大事不好。三公主忙对二太子说："表哥，我们犯了天条，要遭大祸，你快逃走吧！"二太子说："三妹，你说的哪里话，我要和你有难同当，有苦同受，决不分开！"

这时，太上老君站在天上叫道："好个孽畜，你们私自下凡，带走了长寿花，还不快回天庭认罪！"三公主说："出来就没想回去！"

太上老君大怒道："触犯天条，还执迷不悟，这还了得！天兵天将把他们给我拿下！"众兵将一齐往上拥，可是宝衣金光闪闪，谁也不能靠近。太上老君一看，忙从怀里掏出一个万宝袋，往下一抛，只见三公主宝衣上的金光，全部钻进袋子里，不一会儿，宝衣变成了普通布衣。

三公主说："什么天条地条，只许你们在天上兴风作浪，就不准我们来人间栽花种药？"

太上老君恼羞成怒，忙命雷公雷母、闪电娘娘说："快快把他们处死！"雷公手举神斧，正要霹雷，又见东面来了一朵祥云，原来是观音大士带着善财童子赶到了。

观音大士忙说："老君何必动怒，看在我的面上，让他们变化身形，下界去吧！"说话间，手举圣水瓶晃了三晃，用杨柳枝撑了几滴水，只见三公主和二太子就地一滚，就变成一对满身梅花的走兽。它们向观音大士点点头，又朝太上老君大叫三声。太上老君非常生气，大声骂道："好个畜生，还敢对我无礼！"他命八大金刚动手，只见一把钢叉向三公主飞来。三公主仰着头，瞪着眼，瞅着老君。二太子一看不好，忙蹿到前面，挡住了三公主，就听嚓的一声，钢叉落到了他的头上。观音大士一见不妙，忙从圣水瓶中滴下三滴救命水，二太子只觉得一阵头痒，头顶长出了一对像树丫一样的角。

老君看三公主和二太子都变成了走兽，又命风婆婆、雪公主吹风扬雪，将万香山变成一座四季不断雪的山峰。

从此，人们就管它叫作"长白山"，龙王潭成了现在的天池，遍山的长寿花就是现在的人参。紫貂给妈妈治好了病，从此也子孙兴旺，在此世代为家。三公主和二太子变成了梅花鹿，每到早晨就站在石砬子上，嘴里衔着人参，向半空大叫三声，对天庭发威。

长白山的人参、紫貂和梅花鹿在这里一起玩耍，从不分离。它们以这里为家，世代繁衍下去。

花边姐姐

从前,有一个美丽的姑娘,人们都叫她"花边姐姐",她和姐妹们住在一个小山寨里。这个姑娘心灵手巧,擅长编织花边。凡是她编过的花边,无论是虫鱼鸟兽,还是花草树木,都神采奕奕,跟真的似的。大家都很喜欢这个美丽的姑娘。

人们只要得到花边姐姐编织的一条花边,就马上缝在衣衫上或袖筒上,他们总是高兴地说:"你看,我衣服上有花边姐姐织的花边呀!"花边姐姐编织花边的名声,立即传开了。各村寨的姑娘都来向花边姐姐学编织花边。花边姐姐也尽心地教她们。可是,她们学来学去,都不如花边姐姐编织的好。

花边姐姐说:"耐心学呀,我一定要教会你们!"

花边姐姐的名声越传越远,最后传到了皇帝的耳朵里!皇帝把大臣们臭骂一顿,说:"有这样一个又美又巧的姑娘,你们为什么不早告诉朕!"他立刻派大臣带了一队人马,翻山越岭来抢夺花边姐姐。

可花边姐姐不想去,她说:"我要教姑娘们编织花边!"

大臣说:"皇上要你去,你怎么敢抗旨不去?"

姑娘们就紧紧地围着花边姐姐，不让她被这些官兵抢去。大臣喝令士兵们动手，士兵们便把花边姐姐塞进一乘小轿里。花边姐姐在轿子里还不停地对姑娘们哭喊着说："我就是死了，也要想法子教你们织花边啊！"

小轿抬到皇宫里，花边姐姐死也不肯走出轿来。

皇帝喝令宫女，硬把花边姐姐拖了出来。

皇帝说："你来到这里，永远也不能回去了。"

花边姐姐想到自己那美丽的寨子，想到那些亲爱的伙伴，恨透了皇帝。恰好皇帝来拉她，她便狠狠地咬了皇帝一口，把皇帝的手指咬破了。

皇帝恼羞成怒，把花边姐姐关进监牢里。

第二天，皇帝走到监牢门口对花边姐姐说："你跟了朕，可以有享不尽的荣华富贵。你不要这么笨。"

花边姐姐大声说："我只爱我那寨子，我只爱我那寨子里的姐妹们。我死也不留在这里！"

一个大臣听了，对皇帝说："皇上，那就把她杀了吧。"

皇帝脸色一变，对那大臣说："朕费心费力好不容易才把她弄了来，你不给朕想个好办法，反倒劝朕把她杀了，要你有什么用！来人，砍了他的脑袋！"

士兵们一声吆喝，把那大臣推出去杀了。

臣子们吓得脸都青了，浑身发抖。另一个大臣凑近皇帝的耳朵说了几句。皇帝点点头，咧开嘴笑着对花边姐姐说："听

说你的花边编织得很好,不知是真是假。只要你七天内在花边上编织一只活公鸡,朕就放你回家。否则,你就得永远跟着我。"

花边姐姐流着眼泪在监牢里日夜赶织公鸡。到了第七天,果真把一只公鸡编织成了。她咬破手指把血滴在鸡冠上,又把眼睛一眨,一滴泪水像珍珠一样滚进公鸡嘴里,只听扑啦一声,公鸡便站起来了。

皇帝走进监牢,一抬头,看见那只活蹦乱跳的公鸡,不禁惊呆了。他说:"这是家里跑出来的公鸡,不是你编织的。从今天起,再限你七天之内,给我编织个鹧鸪吧,要是办得到就送你回家!"

公鸡突然跳起来,飞到皇帝的头顶上,竖起颈毛叫道:"我可怜的花边姐姐啊!我恨透皇帝了!"臣子们忙来赶公鸡,公鸡用脚爪在皇帝额上抓了几下,飞到花园里不见了。

皇帝的额头鲜血流淌,他又恼又羞地走开了。

花边姐姐流着眼泪在监牢里日夜赶织一只鹧鸪。又过了七天,鹧鸪编织成了。她咬破指头把血抹在鹧鸪的羽毛上,羽毛被染得红彤彤的。她又把眼睛一眨,一滴泪水像珍珠一样滚进鹧鸪嘴里,只听"扑啦"一声,鹧鸪便站立起来了。

皇帝又走进监牢,一抬头看见鹧鸪,惊呆了。他说:"你错了,朕叫你编织天上的龙,谁叫你编织这个东西?再限你七天时间,给朕编织一条龙。织不好,就得永远跟随朕!"

鹧鸪突然跳起来,飞到皇帝的肩膀上,张开嘴叫道:"花边姐姐好可怜呀,我恨透皇帝了!"臣子们忙来赶鹞鸪。鹞鸪伸起脚爪,拼命往皇帝的脖颈上抓了两爪,飞出宫墙不见了。

皇帝的颈上鲜血直淌,他只能又恼又羞地走了。

花边姐姐在监牢里含着眼泪日夜赶织。过了七天,她织成了一条小龙。她咬破指头,用血把小龙染成一条红龙,又把眼睛一眨,一滴眼泪像珍珠一样滚进小龙嘴里,只听得"扑啦"一声,小龙活了。

花边姐姐摸着小红龙说:"小红龙啊,虽然你活了,皇帝还会反口的,他会说他叫我织的是鱼!看来,我是回不到寨子里去了!"

皇帝一走进监牢,就被小红龙吓呆了,但他却说:"这不是龙,这是一条蛇!"

小红龙发怒了,抬起头来,张开大嘴,喷出一团团熊熊的大火球,把皇帝和臣子们烧死了。大火球滚出监牢,又把整个皇宫烧掉了。

小红龙飞起来了,带着花边姐姐飞到天上去了。在天上,花边姐姐依然十分勤劳能干,她编织了很多花边和很多云彩,还编织出了天上美丽的彩虹。

召树屯和兰吾罗娜

传说，有一个聪明勇敢、潇洒英俊的小伙子，名叫召树屯。他是美丽的西双版纳的一个部落的首领召勐（měng）海的儿子。那里有很多女孩子喜欢他，可是他并不爱她们。因此，大家都替他着急。

这一天，他忠实的猎人朋友对他说："你不能再这样等下去了。明天，有七只美丽的孔雀要飞到郎丝娜湖来沐浴，其中最聪明善良的是最小的那只，她的名字叫兰吾罗娜。到时，你只要把她的羽毛藏起来，她就不能飞走了。她不能飞走，就会留下来做你的妻子。"召树屯问："真有这样的事吗？"

第二天，将信将疑的召树屯来到了郎丝娜湖边。他期待着孔雀公主的到来。

没过多久，果然远远地飞来了七只美丽的孔雀。七只孔雀在郎丝娜湖上盘旋了几圈后，款款地降落到湖边，变成了七位美丽的姑娘。美丽的姑娘在美丽的郎丝娜湖边跳起了美丽的舞蹈，尤其是最小的七公主兰吾罗娜，她的舞姿动人极了！

躲在一旁的召树屯看着这一切，心里别提有多高兴了。他想，这就是我一直在寻找的姑娘啊。

七位姑娘跳完了舞，又一起到湖里沐浴。

召树屯见状，立刻按照猎人朋友的话跑到湖边把兰吾罗娜的羽毛取走了。

沐浴完的姑娘上岸来披上羽毛，变成孔雀后又飞走了。这时，只有兰吾罗娜没有变成孔雀，因为她的羽毛没有了。兰吾罗娜站在湖边不知如何是好。

这时，召树屯捧着羽毛忐忑不安地走到兰吾罗娜面前。

"美丽的姑娘，这是你的衣服。"召树屯带着歉意说。

看着眼前这位英俊的小伙子，兰吾罗娜的脸红了。

"美丽的姑娘，嫁给我吧！"召树屯恳求道。

兰吾罗娜还是没有回话，但她的脸更红了。爱的信息立刻从兰吾罗娜的眼里传到了召树屯的眼里。随后，兰吾罗娜羞涩地点了点头。

召树屯欣喜不已，紧紧地抱住了兰吾罗娜。

她们回到部落后，大家都替他们感到高兴。首领选了一个吉祥的日子，为召树屯和美丽的孔雀公主举行了盛大的结婚典礼。结婚典礼上人山人海，热闹非凡，典礼一连持续了好几天。每个人的脸上都是喜气洋洋的。

召树屯和兰吾罗娜婚后不久，战争爆发了。邻近的部落为了侵占土地挑起了战争。

为了捍卫自己的家园，热血男儿召树屯与妻子兰吾罗娜商

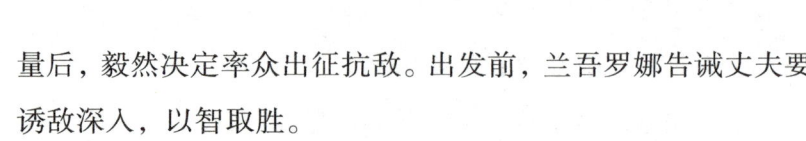

量后,毅然决定率众出征抗敌。出发前,兰吾罗娜告诫丈夫要诱敌深入,以智取胜。

战争进行得十分激烈。前方召树屯率领的队伍损失惨重,死伤者的数量越来越多,噩耗连连传来。

眼看战火就要烧到自己的领土上了,首领召勐海心里万分焦急,再这样下去人民就要遭受更大的灾难了。

这时,一个阴险、恶毒的巫师向召勐海进谗言道:"我方损失惨重,都是因为您的儿媳妇兰吾罗娜。"

"我的儿媳妇兰吾罗娜?这怎么可能!"首领召勐海不相信。

"怎么不可能!您老人家想想看,兰吾罗娜没来的时候,我们这里多安宁啊。可自从她嫁到我们这里后,一切都变了。邻近的部落开始侵略我们,我们的军队连连战败。因为兰吾罗娜是妖怪变的,所以是她带来了灾难和不幸。如果不把这个妖怪除掉,邻近的部落会长驱直入,直捣我们的家园的。英明的头人啊,请您赶快下令除掉这个妖怪吧!"

首领召勐海被巫师的一番谗言迷惑住了。于是,他决定把美丽的孔雀公主烧死。

善良的兰吾罗娜哪里会想到这些。她爱召树屯,爱这个部落,可是却要被活活烧死。她知道自己是无辜的,是被巫师陷害的。但这又有什么办法呢?熊熊大火燃烧了起来,她就要和自己心爱的丈夫永别了。她真是不甘心哪!

兰吾罗娜向公公召勐海恳求道:"为了部落的安宁,为了我丈夫的平安归来,请公公大人允许我再披上孔雀羽毛跳一次舞吧!"

首领召勐海无法拒绝媳妇的要求,点头同意了。

兰吾罗娜披上五颜六色、光彩夺目的孔雀羽毛,在熊熊大火前轻盈、舒缓地舞动了起来。这是优美的舞蹈,这是思念的舞蹈,这是悲愤的舞蹈。这舞蹈中充满了对和平的渴望,对生活的热爱,对丈夫的期待。兰吾罗娜的舞蹈令所有在场的人都深受感动。人们都在心里说:"善良美丽的兰吾罗娜,这个部落为什么容不下你啊?"跳着跳着,兰吾罗娜渐渐变成了一只孔雀,朝着天边翩翩而去。

兰吾罗娜刚刚离去,前线传来了召树屯凯旋的消息。在欢迎大军得胜归来的载歌载舞的人群中,召树屯没有看见自己日夜思念的妻子。在祝贺胜利犒劳将士的庆功宴上,召树屯还是没有看见兰吾罗娜的身影。

召树屯再也忍不住了,便急着问父亲:"这次打败敌人,多亏了兰吾罗娜诱敌深入的办法。她真是既善良又聪明啊!可是现在她在哪里,她为什么不来见我呢?"

召勐海一听,这才如梦初醒,已悔之晚矣。他只好把如何逼走兰吾罗娜的前因后果告诉了儿子召树屯。

这真是晴天霹雳。召树屯只觉得天旋地转,旋即昏倒在地。当他苏醒过来后,心里只有一个愿望,那就是一定要把妻子找回来。召树屯知道自己不能没有她。如果没有了她,自己

活着还有什么意义呢?

召树屯找到猎人朋友,猎人朋友把兰吾罗娜落脚的地方告诉了他。

猎人朋友说:"兰吾罗娜回家乡去了,她的家乡远在天边。"

召树屯说:"只要她活着,再远的地方我也要把她找回来!"

说罢,召树屯怀揣着猎人朋友赠送的三支具有魔力的黄金箭,跨上战马,向妻子的家乡出发了。

一路上,他历尽千辛万苦,终于来到了一个山谷口。山谷口被两座大象一样的山封住了去路。召树屯用第一支黄金箭射开了一条出路,进入了山谷。接着又经历了漫长而艰辛的路途,他终于到达了孔雀公主的家乡。

可是孔雀国的国王觉得召树屯的族人对兰吾罗娜不公平,不相信召树屯。

召树屯向岳父大人说明了原委,并发誓一定会好好保护妻子。国王被说动心了,决定考验一下召树屯是否真有保护兰吾罗娜的本领,否则就不让兰吾罗娜回去。国王让七个女儿头顶蜡烛,站到纱帐后面,让召树屯找出他的妻子,并用箭射灭她头顶上的烛火。

召树屯平静下来。凭着对兰吾罗娜的思念,他冷静地用第二支黄金箭射灭了兰吾罗娜头顶的烛火。

终于,他又见到了久别的妻子。召树屯和兰吾罗娜含着热泪紧紧地拥抱在了一起。他们彼此发誓从此永不分离。

召树屯带着妻子回到家里。他向父亲问清了妻子被逼走的真相。原来，这一切都是那个阴险、恶毒的巫师陷害的。

于是，召树屯去找巫师报仇。那巫师其实是一只秃鹰变的，听说召树屯要来找他报仇，立刻化成原形，飞上天想逃跑。召树屯抽出最后一支黄金箭，向秃鹰射去。黄金箭不偏不倚，正好射中秃鹰。万恶的巫师立刻被射死了。

从此，英俊的召树屯和美丽的兰吾罗娜过上了幸福快乐的生活。傣族人民中流传着这个象征着和平与吉祥的孔雀公主的故事。当外乡人来时，人们都喜欢给他们讲叙这个美丽动人的故事。

神 女 峰

　　神女峰亭亭玉立于巫山之涯，远看宛如一位衣袂飞舞、面貌美丽的少女，在三峡百姓心中，神女峰是神圣的象征，他们世代祭拜，千古歌颂。

　　传说，在远古时期，西王母生了二十三个女儿，最小的女儿取名瑶姬。瑶姬肤若美玉，腰若蒲柳，风华绝代。西王母非常爱她，成天把她关在瑶池宫中。

　　可是，生性好动的瑶姬，一直向往宫外自由潇洒的生活。她不肯像笼中鸟儿一样被关在瑶池里。她时常偷着出去游玩，凡是神仙去过的仙境，她都去了，只差海洋和人间没留下她的足迹。

　　她的父亲东王公知道了女儿的行动，就告诉了西王母。西王母派了一个名叫黄魔的侍臣，把瑶姬叫来。

　　西王母厉声责问她："谁允许你偷跑出去的？"

　　瑶姬说："瑶池像个囚笼，我不是金丝雀，我无法忍受成天被关在里面。"

　　西王母知道瑶姬的性格倔强，不容易说服她。于是，便对

东王公说:"把她送到门规严厉的仙师那里锻炼一下吧!"

东王公点了点头,西王母就把瑶姬送到三元仙君的紫清阙受教去了。

瑶姬在紫清阙潜心修习,三元仙君把变化无穷的仙术全都教给了她。

瑶姬学到了变化无穷的仙术之后,西王母封她做了云华上官夫人,要她负责教导仙童玉女的事情,并且派了狂章、虞余、黄魔、大翳、庚辰、童律等几位侍臣侍女给她。

瑶姬把变化无穷的仙术传授给了那些侍臣侍女。他们有了仙术也都不愿死守云华宫。一天,他们腾云驾雾,到没有去过的东海游玩去了。

他们一起来到了东海,在蓝色的大海里,看到了红霞万道的太阳,听见了雄壮咆哮的海涛声,他们也变成各种各样的龙、鲸、鱼、蚌,在海里尽情地畅游。最后,他们结队游到了东海龙王的水晶宫,东海龙王待他们如贵宾,还带他们看了自己的珊瑚床、珍珠冠、玛瑙桌子、碧玉毯,等等。东海龙王看到瑶姬长得美,就向她求婚。

但是,瑶姬不喜欢龙王。因为她看见龙王每天掀起怒涛海浪,发起狂风暴雨,摧毁百姓的田园,吞食行船和旅客,给人间造成了许多不幸和灾难。她谢绝了东海龙王,带着侍女和侍臣,腾云向西飞去。

他们飞过万水千山,来到了巫山上空,看见十二条蛟龙正

张牙舞爪地在天空追逐、嬉戏,搅起了猛烈的大风,吹得天昏地暗,把人间百姓和牲畜卷到空中跌死跌伤,飞沙走石把树木、房屋和庄稼都打得稀烂。瑶姬看了非常气愤。于是她立刻按住一朵云,用手一指,天空响起了阵阵滚雷,将十二条蛟龙打了下去。

不一会儿,天朗气清,人间有了暂时的平静。但是,十二条蛟龙的尸体,却堵住了长江,堆成了三峡的崇山峻岭,一峰更比一峰高。高峰钻入天空,好像许多把锋利的刀叉,插在白云里一样。

不幸的事情发生了。那日夜不停奔流的长江水没有泄流的水道。霎时,就把人间的田园、草木、牲畜冲走了。

这时,夏禹在治理了黄河之后,从涂山顺流而下,赶到巫山来了。

夏禹本以为人马一到就能开道疏水。但是,山堆得那么高,水涨得那么猛,根本就没办法这么做。夏禹急了,在夔门的赤甲山顶上,摇身一变,变成一只黄熊,扑通一声跳到水中去了。

黄熊拱来拱去，把鼻子和嘴巴都拱出了血。可是山还是山，水还是水，而且水势越来越高了。

夏禹急了，又站在赤甲山顶上高声叫唤，把他得力的伙伴黄牛叫来了。那黄牛一见水势严重，就扑通一声跳下水去，用双角奋力触山，想开出一条河道。但是，它触了许多时候，那些蛟龙变成的坚硬山石，把黄牛的两只犄角都弄弯了。山还是山，水还是水，而且水势越来越高，快要淹到赤甲山顶了。

夏禹急得没有办法，失望地坐在山顶上，对着滔滔的洪水叹气，想不出开凿河道的办法。

神女瑶姬站在云中，见了人间的惨景和夏禹的窘相，便派黄魔、虞余、狂章、大翳、庚辰和童律六位侍臣下去，帮助夏禹治水。

黄魔等六位仙臣下来和夏禹见了面，便赶紧施展仙术，招来许多天兵天将，用雷去炸山石，

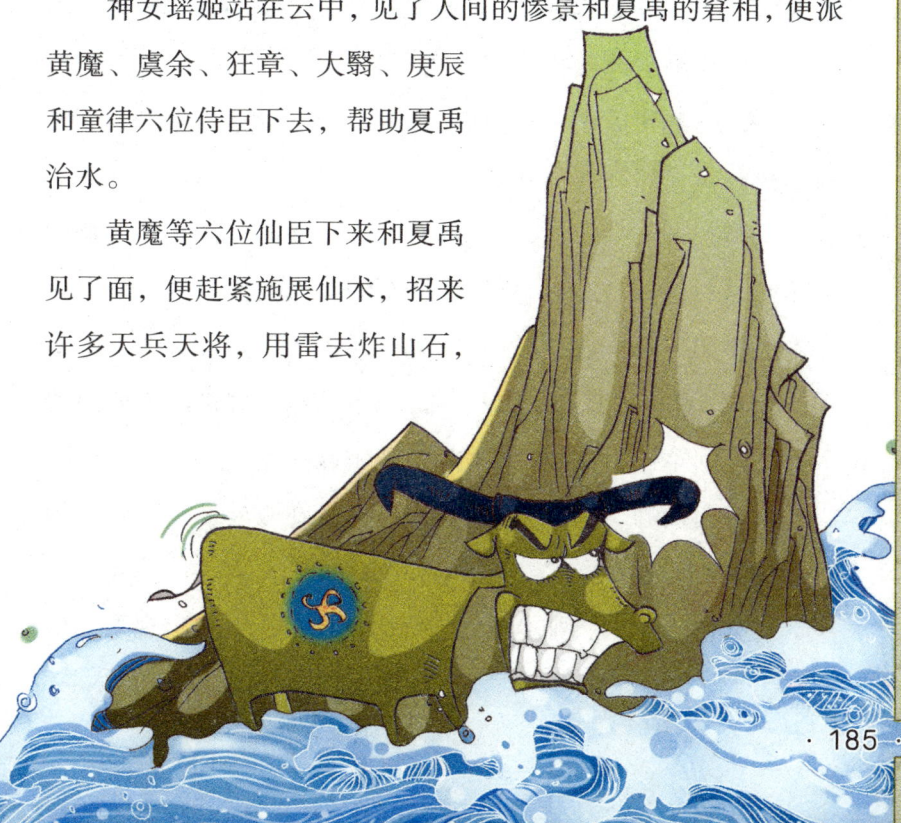

用电去推泥沙,用火去烧海草。夏禹的队伍,担任挖掏水沟的工作,花了许多时间,才把三峡的河道凿成,壅塞的洪水一下子得到畅泄,滚滚江水向东海流去。

夏禹从黄魔口中得知,是神女派他们来帮助他治水的。于是他便跑上巫山,找神女致谢。

神女知道夏禹的意思,趁他上巫山的时候,忽然化成晶莹的青石,立在夏禹面前。夏禹东找西找,怎样也找不到她。

青石忽然化成一道青烟,飞到天空凝成一团一团的青云,罩在夏禹头上。夏禹东找西找,仍然找不到。

青云忽然变成了细雨,一丝一丝地落在夏禹的周围。夏禹东找西找,还是找不到她。细雨忽然化成一条游龙,旋舞在巫山峰顶。夏禹东找西找,依旧找不到她。

游龙忽然化成了一只白鹤,悠然自在地绕着峡谷飞翔。夏禹东找西找,始终找不到她。

夏禹找得气喘汗流,心里不耐烦了,便向在他身旁发笑的童律问道:"我看她是个狡猾、怪诞的女人吧?"

童律笑了一声说:"这是因为你还不懂一切都会变化的道理。难怪你看不出青石、白云、细雨、游龙、白鹤是她变成的。"

夏禹问童律道:"我到哪儿找她领教呢?"

童律向顶峰一指说:"远在天边,近在眼前,那不就是她的仙宫吗?"

夏禹抬头一看,刚才还是光溜溜的山峰,突然出现了云楼

彩台，玉石仙宫，雄狮守门，天马引路。他跟着童律走进宫去，看见神女坐在青龙白虎保卫着的宝座上，这才吃了一惊，赶紧向她拜谢。

神女请夏禹坐下，诚恳地对他说："你在治水方面有些功劳，但还应懂得天地间万事万物变化无穷的道理。譬如渡大海不知道用船，过泥沙不知道用板橇，走旱路不知道用车，走山路不知道用轿，那就会在陆上受困，水里受淹，要想开凿千百座山谷，疏通千万条河流，是很费事的。"

神女又叫容华侍女打开红宝箱，取了一部黄绫宝卷送给夏禹，并说："这宝书能够教你各种知识和一些驱使虎豹、制伏蛟龙的方法。但还需要更多的神和人的力量，才能疏通九河。所以，我再派庚辰、虞余两位侍臣帮助你治水。"

夏禹接过黄绫宝卷，谢了神女，便和庚辰、虞余下山，一起造了船、橇、车、轿。许多年后，他终于把九河疏通了。

神女在峰岩奇秀的巫山玩了几天，本来打算回西天去了。但是，她最终还是留下了，而且一留就是几千年。

有一天，神女站在巫山顶上，突然发现有些独木船在上首的夔峡和下首的青滩遇险，许多旅客和艄公被恶水吞没。她仔细观看，才知道七百里长的三峡河道里面，存留着一千多处直立的、横卧的、高高低低的大小礁石，形成了危险凶恶的滩、碛、坝、漕，造成很多行船和旅客在此遇难。

神女赶快向天空招来了一队队的神鸟，叫它们飞翔在七百

里长的峡谷上面,引导来往的行船通过那不易辨认的航道,保障来往行船和旅客的安全。

神女还不放心,朝夕站在巫山顶上,向峡谷观望,又发现许多凶恶的虎豹成群结队地在山里横行,人们吓得躲在石洞里,不敢出来耕种。于是她赶紧命令侍臣,天天给人们驱逐虎豹。

人们欢天喜地走出石洞,种地的种地,打柴的打柴。但是,神女又发现山上常常缺乏雨水,影响庄稼的收成,便又飞到峡谷上空行云布雨,保证庄稼人得到丰收。

人们过上了富足的生活,但是,峡里的瘴气常常使人生病。神女便到山峰水边,播种药材,减少人们的痛苦。

就这样,神女终日忙这忙那,竟然忙得忘记了回西天,也忘记了自己。她不分昼夜地站在巫山顶上,四处眺望。

久而久之,她化成了俊俏的神女峰,那些侍女侍臣变成了望霞、翠屏、轻云、松峦、聚鹤、净日、上升、起云、栖风、圣泉、登龙等峰,像屏障一样地围绕着她。他们把自己的青春和幸福,寄托在三峡的山光水影里。

神女为三峡的老百姓所做的一切,令他们非常感动。他们时刻铭记着神女的恩德,尊称她为"妙用真人"。为了回报神女的无私奉献,三峡的老百姓还替神女修建了一座神女庙(又称凝真观)。人们经常来这里烧香祭拜,并把神女庙打扫得干干净净。

蝴 蝶 泉

大理有一个很有名的地方名叫苍山。苍山风景秀丽,气候宜人。这里历来有很多美丽动人的传说,常常让人听了不知不觉就陶醉了。

苍山的十九峰中有一座叫云弄峰。云弄峰有一潭清澈的、约有两三丈宽的泉水,宽宽的树丛,浓浓的树荫护着它,茂盛的枝叶斜斜地横盖在泉顶的上空,每年三四月间树木开花的时候,青青的柔枝上满布着淡黄色的小花,这个泉有个美丽的名字,人们把它叫作"蝴蝶泉"。关于蝴蝶泉这个名字的来历,有着这样一个故事。

一

这个泉本来并不叫蝴蝶泉。早先,因为它异常清澈,泉水长年不断,没有人知道它有多深,而且也看不见它的底,所以附近的人都叫它"无底潭"。

无底潭边住着一家姓张的农夫,父女两人相依为命。张老汉终日在田里勤劳地耕作,他的汗珠不断流着,几十年来一直淌在那仅有的三亩田里。

他的女儿雯姑，有十八九岁的年纪，她的容貌即使是花儿见到了也要自叹不如。她的眼睛像星星一样明媚晶莹，她那墨黑的头发像垂柳一样又细又长，她的双颊像苹果似的水灵。她非常善良，心就像泉水一样纯洁。

她白天勤劳地帮助父亲种田，晚上纺纱织布。她那两只灵巧的手织出来的布，任何一个姑娘都比不上。她那苗条的身段终日在田间和织布机上忙碌。

她的勤劳和美丽名声远扬。少女们把她的行动看作自己的榜样，小伙子们连做梦也想得到她的爱情。

云弄峰上住着一个名叫霞郎的青年樵夫。他从小无父无母，一个人过着孤苦的生活。他是一个非常勤劳而又能干的小伙子。他的歌喉美妙无比，歌声像百灵鸟一样

婉转，像夜莺一般悠扬。每当他唱起歌来的时候，山上的百鸟都会沉静下来，连松树也不再沙沙作响，好像世上的一切，都在默默地倾听着他那美妙动人的歌声。

每隔六天，霞郎就要背柴到城里去卖，来来往往都要经过无底潭边。霞郎也和别的青年一样，深深地爱慕着雯姑，每次经过她家的时候，都会情不自禁地向她偷偷望上几眼。

雯姑也一样热爱着霞郎，每当他唱着歌走过潭边，她都要停止纺织，伏在窗台上温情地注视着他，倾听他那娓娓动听的歌声。

日子一天一天地过去了，这两个青年人的心里产生了纯真的爱情。

在一个宁静的夜晚，雯姑一个人来到无底潭边欣赏夜景，却没想到霞郎也来了。他们看到对方，就忍不住一起笑了。两

个人渐渐走近,悄悄地说话,倾吐着他们的爱情。从此以后,他们常常来潭边散步,说悄悄话……

二

苍山下俞王府里的俞王是一个十分残暴的人。据说他家的王位是沐家特封的,让他们永世为王。若干年来,他独霸着苍山和洱海,他的一草一木都浸透着百姓的血泪。他豢养着许多兵士和爪牙,常常欺压百姓,让百姓苦不堪言。百姓对俞王充满了仇恨。

俞王听说雯姑美貌的名声后,他打定了主意要抢雯姑去做他的第八个妻子。

俞王带着他的爪牙们来到无底潭,打伤了年迈的张老汉,把雯姑抢到了俞王府。

俞王像狗一样地流着口水对雯姑说道:"我府里有无数的金银财宝,吃不尽的山珍海味,穿不完的绫罗绸缎,只要你答应做我的妻子,我保你一辈子享受荣华富贵。"

雯姑毫不理睬他,鄙夷地说道:"我早就爱上砍柴的霞郎了,无论你有多少金银财宝,也买不动我爱霞郎的心。"

俞王发怒了,说道:"哼,我俞王爷势力比天高,沐家封过我永世为王。我跺跺脚,天会动地会摇,难道我还比不上那砍柴的霞郎。你要不听我的话,你将永远逃不出我的手掌心。"

雯姑一点也不害怕，坚决地说："不管你有多么威风，我都只爱霞郎。我爱霞郎的心就像白雪峰上的雪永远不变。你想要我答应你，那是妄想。"

这样，俞王对雯姑威逼利诱了三天三夜，却丝毫动摇不了雯姑坚定的心。这让俞王非常愤怒，决定采用武力迫使雯姑嫁给他。

三

此时，还蒙在鼓里的霞郎怀着和往常一样兴奋和期待的心情来到无底潭边，准备和雯姑相会，可是他却没有找到雯姑的身影。他就跑到雯姑家里，看到家里一片凌乱，张老汉躺在地上。霞郎赶紧把他扶起来。此时张老汉已奄奄一息，他把雯姑被抢的事告诉了霞郎，然后就死了。

顿时，痛苦和仇恨燃烧着霞郎的心。他埋葬了张老汉之后，就抓起斧头，怒气冲冲地朝俞王府奔去。

半夜里，霞郎翻过俞王府的高墙，在马房里找到了被高吊着的雯姑。他用斧头割断了绳索，扶着雯姑逃出了俞王府。

雯姑和霞郎在漆黑的道路上急奔，俞王带领着恶狗和士兵在后面紧紧追赶。

他们逃上了高山，俞王追上了高山；他们逃下深谷，俞王追下深谷。俞王得意地在后面大喊道："任你们上天入地，休

想逃得出我的手掌心。"

四

雯姑和霞郎无路可逃，就逃到了无底潭边。此时，俞王爷的手下追上来，紧紧包围着他们，要抓他们回去。

这时，雯姑和霞郎紧紧地拥抱着，他们用冷眼看着俞王，然后一起纵身跳下了无底的深潭……

无底潭边的人们听到了这一对青年人的死讯，纷纷拿出武器打进了俞王府，把俞王和他的狗腿子一个不留地杀个干净。

第二天，人们到无底潭准备打捞雯姑和霞郎的尸首。突然，无底潭的水翻滚着，沸腾了起来，潭心里冒起了一个巨大的水泡，水泡下有一个空洞，从空洞中飞出一对五彩斑斓、鲜艳美丽的蝴蝶，互相追逐着在潭边翩翩飞舞。不一会儿，从四面八方又飞来了大大小小的蝴蝶，围绕着这一对蝴蝶在潭边和树下四处飞翔。

从此以后，人们就赋予了无底潭一个美丽的名字——蝴蝶泉。每年的三四月间，各种各样、大大小小的美丽蝴蝶便会飞来蝴蝶泉边，成群地上下飞舞，好像是为了纪念霞郎和雯姑而来的。泉上和泉的四周，甚至漫山遍野，完全变成了五彩缤纷的蝴蝶世界，成为罕见的动人的美丽奇景，似乎在述说着一个美丽动人的爱情故事。

日 月 潭

  从前,有一对年轻的夫妇住在大清溪边。大家都叫男子为"大尖哥",叫女子为"水社姐"。夫妇二人靠捕鱼为生。他们非常善于织大网、做浮筒,每次都能捕到许多鱼,有时他们还会钻到深潭里的岩石底下去摸鱼。

  一天中午,太阳照耀着大地,他们又钻进溪水里去摸鱼。忽然,轰隆一声,大地开始震动,河水也在震动,水底黑漆漆的一片,看不见任何东西。他们急忙浮上水面察看,啊!太阳不见了,天上与地上全都黑黝黝的。他们不明白发生了什么事,只好手拉着手爬上岸,高一脚低一脚慢慢地往家里走去。

  晚上,月亮升起来了,夫妻二人开始在明亮的月光下补渔网。又听见轰隆一声,地面上的石头和房子都开始跳动起来。月亮也不见了。天空和大地全是漆黑一片。他们还是不明白究竟发生了什么事,只好摸黑推开大门,回家睡觉。

  从此以后,天上既没有太阳,也没有月亮,日夜都是黑黝黝的。

  大尖哥和水社姐只好在家里烧起柴火做事,点着松蜡去捕鱼。

很快,田里的禾苗变成了黄白色,长不起来。山上的树木也低垂着黄白的叶子,没精打采的。

花不开了,果子不结了,鸟也不叫了。

家家户户都在唉声叹气。

大地上漆黑一片。

大尖哥坐在溪边对水社姐说:"这种日子怎么过啊!"

水社姐顺手抓了一块石头扔进溪水里,叹了一口气,说:"不光我们的日子难过,所有人的日子都难过啊!"

大尖哥说:"太阳和月亮一定落到地上来了,也许在大山上,也许在森林里。我想去找它们,找回我们的光明。"

水社姐说:"好啊!我们一起去吧!"

夫妇俩拿起大火把往大山走去,往森林走去。

他们在路上看见一位大娘弓着背在锄甘蔗地,旁边燃烧着一堆柴火。她无精打采的,锄一下歇一下。水社姐问道:"大娘,您锄地为什么没有精神呢?"

大娘回答的声音是凄凄凉凉的:"没有太阳,没有月亮,种起甘蔗来也长不大啊!我还有什么心思锄地呢!"

大尖哥说:"您在这里好好锄地吧!我们去把太阳和月亮找回来。"

大娘望了望黑漆漆的天空,说:"太阳和月亮不见了,能够找回来吗?"

小夫妻很有信心,举着火把继续向前走。

他们在路上看见一个小伙子烧起柴火牧牛。小伙子躺在地上不停地叹气。

大尖哥问道:"小哥哥,你为什么叹气呀?"小伙子翻身爬起来,说:"太阳和月亮丢掉了,能够找回来吗?"

"我们相信能够找得回来的。"

小夫妻满怀信心地举着火把又上路了。

他们走啊走,翻过了一座又一座的深山高岭,蹚过了一条又一条大溪小溪,穿过了一片又一片深树密林。一根火把熄灭

了,又点上一根,一根接一根地燃烧着。

可是,在大山上,在森林里,他们到处都不见太阳的影子,也看不见月亮,天上黑漆漆的,地上也是黑漆漆的。

有一天,他们走到一座大山上,望见远远的地方亮一阵黑一阵,黑一阵又亮一阵。

小夫妻欢呼着说:"太阳和月亮一定在那里了!"

他们拿着火把飞快地朝有光亮的地方走去。

半路上,他们看见一个老爹爹坐在草屋门口抱着头唉声叹气。

大尖哥问道:"老爹爹,前面那地方亮一阵黑一阵的,太阳和月亮是掉在那里了吧?"

老爹爹抬起阴沉的脸,说:"是呀,太阳和月亮在那里。可是,那不再是我们的太阳和月亮了。"

小夫妻感到很奇怪,不由得走到老爹爹身旁,和他谈起来。

老爹爹说:"前面有个深深的大潭。潭里有两条恶龙,一条公龙,一条母龙。有一天,太阳经过天空,公龙飞跃起来,一口吞食下肚,晚上月亮经过天空,母龙也飞跃起来,一口吞食下肚。这一对恶龙在潭里游来游去,把太阳和月亮吐出来吞进去,碰来碰去的,像玩大珠球一样。你们看,潭里面不是一亮一黑吗?它们只图自己好玩,却没想到千千万万的人没有太阳和月亮,根本就生活不下去啊!"

大尖哥说:"老爹爹,我们举着火把,爬山过水,就是专门来夺回我们的太阳和月亮,让千千万万的人过上好日子的。"

老爹爹说:"孩子,恶龙凶猛啊!它们能一口吞下太阳和月亮,你们一对小夫妻能够和它们斗吗?"

水社姐说:"我们相信能夺得回来。"

老爹爹呆呆地望着他们,沉默不语。

小夫妻打起火把,信心十足地向前走去。

他们来到大潭边,看见两条巨大的恶龙在潭里吞吐着太阳和月亮。太阳和月亮被碰得咚咚直响。潭面上一亮一黑的。

大尖哥和水社姐伏在潭边的大石头上,轻声商量着怎样才能杀死恶龙,夺回太阳和月亮。

恶龙的嘴巴很大,只要舌头轻轻一伸,就能把他们俩吞进肚里。

他们商量了很长时间,也想不出一个好办法。

忽然大岩石下面冒出烟来。他们低头望去,只见大岩石下有一个深深的岩洞,烟是从深岩洞里飘出来的。

大尖哥说:"这岩洞一定能通到潭底恶龙住的地方,我们钻进去看看。"

水社姐说了一声"好",便跳下大石岩朝洞里钻去。大尖哥跟在后面。

洞里黑黢黢的,发出霉湿的泥土气味。

他们走了很久,越往里去,洞越宽大。忽然看见前面发出火光,走过去一看,原来是一间厨房,一位白发老婆婆在灶边

煮饭呢。

他们看到老婆婆慈眉善目的，断定她不会是坏人。

大尖哥走过去问道："老婆婆，您好！您在这里煮饭吗？"

老婆婆猛然听见有人说话，抬头一看是两个青年男女，急忙放下锅铲，抓住他们的手说："啊！孩子，我很久没有见到人了！你们叫什么名字啊？"

大尖哥说："我们是在溪里捉鱼的一对夫妻，她叫水社，我叫大尖。老婆婆，您为什么在这里呢？"

老婆婆摇着满头白发，流着眼泪，说出了她的悲惨遭遇：老婆婆年轻的时候，住在山腰上，一家人过着快乐的日子。有一天，她正在后山锄甘蔗地，忽然吹来一阵怪风，两条巨大的恶龙在半空中用尾巴向地上一卷，把她卷到了这个深深的岩洞里。她每天替恶龙煮饭吃。日子一天一天过去，她不知道过了多少年，只知道自己青青的头发变成白白的，圆润润的脸孔变成皱巴巴的了。

老婆婆又说："孩子，你们快出去吧！恶龙很快就会回洞里来吃饭的，它们见到你们，一定会吃掉你们。"

大尖哥说："恶龙吞食了太阳和月亮，人们很难生活。我们是特地来杀死恶龙，夺回我们的太阳和月亮的。"

老婆婆想了一想，说："孩子，你们两个人怎能杀死恶龙呢？我曾经听见公龙和母龙在吃饭的时候谈话。母龙骄傲地说：'我们是天不怕地不怕的龙！'公龙说：'我们就怕阿里山底的金斧头和金剪刀。若是有人把金斧头和金剪刀丢下潭里，金斧头会自动劈开我们的头，金剪刀会自动剪断我们的喉咙。那我们就完了。'母龙慌了神，说：'我们赶快毁掉它们吧！'公龙说：'不要紧，它们埋在深深的山底，没有人知道，就是知道了，也没有本事挖得出来！'孩子，你们要想杀死恶龙，夺回太阳和月亮，只有到阿里山脚底下挖出金斧头和金剪刀才行。孩子，我恨恶龙，我很想回家啊！"

大尖哥说："老婆婆，我们相信我们一定能挖出金斧头和金剪刀。等我们杀死了恶龙，就来接你回去。"

水社姐忽然想起没有挖山的锄头。她问道："老婆婆，你有锄头吗？借两把给我们挖山啊！"

老婆婆给了他们一把大锅铲和一把大火杈，说："这是恶龙的东西，你们拿去挖山吧，大概会比锄头好用。"

大尖哥和水社姐接过锅铲、火杈，辞别了老婆婆，从洞里钻了出来，点起火把，一直朝阿里山跑去。

他们来到了阿里山后，便用火杈凿地，用锅铲掀土，凿呀凿，掀呀掀，不知道过了多长时间，山脚底下被挖出一个深深的大洞。忽然，深深的洞里轰隆一声放出了红光，金斧头和金剪刀出现了。

大尖哥拾起金斧头，水社姐拾起金剪刀，跑出洞来。

夫妻俩高兴坏了！

他们不停地跑着，一直来到恶龙住的大潭边。恰好公龙和

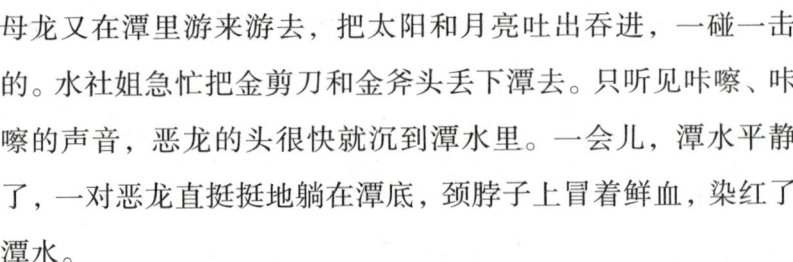

母龙又在潭里游来游去,把太阳和月亮吐出吞进,一碰一击的。水社姐急忙把金剪刀和金斧头丢下潭去。只听见咔嚓、咔嚓的声音,恶龙的头很快就沉到潭水里。一会儿,潭水平静了,一对恶龙直挺挺地躺在潭底,颈脖子上冒着鲜血,染红了潭水。

金斧头和金剪刀在潭里一晃,不见了,太阳和月亮从恶龙的口里滚出来,在潭里一浮一沉的,照亮了整个潭水。

大尖哥和水社姐站在潭边的大石头上拍手大笑。

大尖哥说:"恶龙是杀死了,可是太阳和月亮仍旧沉在潭里,怎样使它们上天呢?"

他们呆呆地望着潭水,想不出办法。

水社姐说:"我们还是去找老婆婆商量吧。"

于是,他们又钻进大岩石下深深的洞里,看到老婆婆还在灶边煮饭。

大尖哥说:"老婆婆,恶龙被杀死了,请您出去吧!"

老婆婆一听恶龙死了,笑得两眼冒出泪花,她颤声说:"孩子,好孩子,我们出去看看吧!"

老婆婆和夫妻俩站在潭边大石岩上。

太阳和月亮在潭里一浮一沉的。

大尖哥问:"老婆婆,怎样才能把太阳和月亮送上天呢?"

老婆婆想了想,说:"我以前听人说过,人吃了龙的眼珠,会身长力大,你们取来吃了,把太阳和月亮抛上天去吧。"

小两口一听说，即刻跳下潭去。

大尖哥摘下公龙的两颗眼珠吞进了肚子，水社姐摘下母龙的两颗眼珠，也一口吞下肚。突然，他们变得又高又大，站在深潭里像两座高山。

他们捧起太阳往天上抛去。太阳在半空中飘了一会，又落了下来，抛了三次，落了三次。

老婆婆站在潭边大声说："孩子，潭边有两株高大的棕榈树，拔来托太阳上天好啦！"

夫妻两人各拔了一根几十丈高的大棕榈树。他们抬起太阳用劲抛上天空，接着急忙用棕榈树向上托着，一冲一冲的。这样整整冲了三天，他们终于把太阳送上天空去了。

太阳红彤彤的，照旧在天上运行。

地上的花草树木活了，人们也有精神了。

夫妻俩又抬起月亮用劲抛上天空，用棕榈树向上托着，一冲一冲的，整整冲了一天。当着太阳落山的时候，月亮也升上了天空。

晚上月亮非常明亮，照旧在天上运行，人们在月光下拍手、唱歌、跳舞。

大尖哥和水社姐爬上大岩的东边，手拿着大棕榈树，笔挺挺地分站在潭的两边。大尖哥仰起头望着天上，水社姐低下头望着潭里。

老婆婆对大尖哥说："大尖哥，恶龙杀死了，太阳和月亮

也回天上了。我们回家去吧!"

大尖哥说:"我要守住太阳和月亮,不让它们再掉下潭里。我要让太阳和月亮永远在天上明亮地照着,让人们过上美好的日子!"

接着,老婆婆又对水社姐说:"水社姐,恶龙杀死了,太阳和月亮已到天上了,我们回家去吧!"

水社姐说:"我要守住恶龙,不让它们再活过来。我要使太阳和月亮永远在空中明亮地照着,让人们过上幸福的日子!"

老婆婆说:"你们都是好孩子啊!"她感谢了他们后,便独自回老家去了。

大尖哥和水社姐笔挺挺地站在潭边守着,守着。

就这样,一天一天地过去,一月一月地过去,一年一年地过去。

大尖哥和水社姐变成两座雄伟的大山。这两座大山永远守在大潭的旁边,后来人们把这个大潭叫作"日月潭",把这两座大山叫作"大尖山"和"水社山"。

大尖哥和水社姐的行为深深地感动了人们。每年的秋天,人们都会穿上绚丽的衣服,拿着竹竿和彩球到日月潭边纪念他们。人们把球抛向天空,然后用竹竿冲击着球,不让球落地。这就是著名的高山族托球舞。

五月端阳

公元前278年农历四月,秦军攻破了楚国都城郢都,郢都城内混乱不堪,百姓们流离失所。一位外乡人把这个不幸的消息告诉了在汨罗江边的屈原。

屈原犹如遭到了当头一棒!他脸色惨白,眼泪双流,没有听完那个人的话,便跟跟跄跄地往家中走去,还没进门,身子一闪,差点摔倒在地上。女儿赶快上前扶住他,大声喊道:"爹,爹!您怎么啦?"屈原被女儿搀扶着靠在床头,泪流不止,断断续续地说:"完……了,我的……祖国……完了……"女儿听后也忍不住号啕大哭。父女俩抱在一起痛哭,哭声惊动了附近的百姓。他们连忙跑到屈原家里,听说楚国已经灭亡,纷纷痛哭不已。整个屋子的人不停地哭啊,哭啊,泪水把地面都淋湿了。

翁老倌眼含着热泪,走到屈原身边哽咽道:"大夫,您的心已尽到,楚王要是听了您的话,楚国也不会灭亡的。您别再哭了,哭坏了身体,我们百姓会更加难过啊!"屈原勉强忍住了痛哭,坐了起来,喝了口水,想起自己被放逐后,在荒凉的

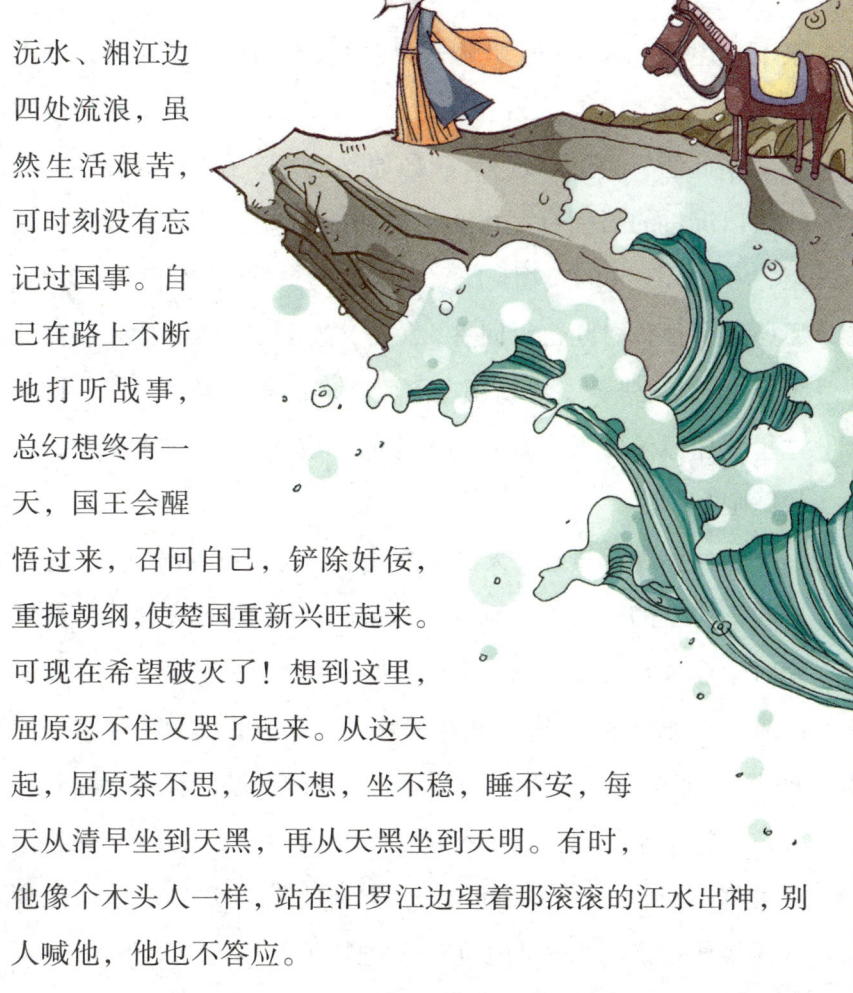

沅水、湘江边四处流浪,虽然生活艰苦,可时刻没有忘记过国事。自己在路上不断地打听战事,总幻想终有一天,国王会醒悟过来,召回自己,铲除奸佞,重振朝纲,使楚国重新兴旺起来。可现在希望破灭了!想到这里,屈原忍不住又哭了起来。从这天起,屈原茶不思,饭不想,坐不稳,睡不安,每天从清早坐到天黑,再从天黑坐到天明。有时,他像个木头人一样,站在汨罗江边望着那滚滚的江水出神,别人喊他,他也不答应。

端阳节将要来临了。五月初四晚上,人们都入睡了,屈原却还满脸泪痕地坐在窗前,翻动着写满了诗文的竹简。女儿醒来后,看到屈原还没睡,便低声催促道:"爹,您几天都没有合

眼了,还是上床睡一会儿吧。"屈原没有动,摇了摇头,叹了口气说:"女儿啊!我现在在想着一个人。"女儿目不转睛地望着父亲问道:"什么人呀?"屈原站起来,在房中走了几步,然后以沉重的语气对女儿说:"我在想彭咸,他曾是殷代的忠臣,一位了不起的人物!"女儿继续问:"他怎么了不起呀?"屈原过了很长时间也没回答,女儿又追问了一句,他才慢慢地说:"他直言进谏,可是国王不听他的忠言,最后……"说到这里,屈原停住了。女儿还想追问,屈原却说:"不早了,你快睡吧!"

屈原整晚都没睡,天已渐渐亮了,太阳快要出山了,他起身吹灭房里的灯火,走到女儿床前轻轻喊道:"女儿呀!快起来呀!今天是端阳节啊!"女儿听到后,一个翻身从床上爬了起来。屈原又说:"你给我缝的那件长袍放在哪里?快拿来给我。"女儿听到爹爹要穿自己亲手缝的袍子过节,非常高兴,急忙把袍子拿了出来,双手递给爹爹,问道:"您今天穿新袍要去哪里啊?"屈原接过袍子,深情地望着女儿说:"我想到外面随便走走。"他穿好长袍,又把帽子端端正正地戴在头上,然后将那柄陆离剑挂在腰间,好像要出征打仗一样。

女儿看到父亲的精神好像比以前好了许多,心里很高兴。她一边往灶里添柴煮饭,一边轻声地吟起父亲的诗句来:"国无人莫我知兮,又何怀乎故都?"她想用屈原自己写的诗句去劝他不要过分悲伤,注意保重自己的身体。屈原听后,苦笑着点了点头，便到屋后牵出了那匹清瘦的白马。女儿赶忙起身喂些草料给它吃。那老马只是将耳朵扇了几下，不肯吃草，它望着主人，不停地摇动着那白色的尾巴，好像在问："到哪儿去呀？"

吃完早饭，女儿扶着屈原上马，又对父亲说："爹，您要到哪里去？我陪您去好吗？"屈原温柔地抚摸着女儿的头说："我出门散散心，你乖乖地待在家里。"女儿只好哀求似的说："那您注意安全，快去快回啊！"屈原点了点头，留下一行热泪，跨上马背。女儿心中大惊，打算劝住父亲不要出门，但屈原一记马鞭抽下，已到了濯缨桥头。女儿只好爬上玉笥山，站在一个高高的土墩上呼唤着父亲，直到看不见父亲的身影……

再说屈原骑着那匹老马，沿着汨罗江堤一路向西南方走去。路上，熟识的百姓看到屈原落魄的面容，瘦弱的身躯，个个心如刀割。他们不断地同他打招呼，问话。

一个渔人手拿渔网，站在江边问道："大夫，近日身体可好些了吗？您万万不可太过伤心啊！"屈原点了点头。

一个大嫂正在扯野菜，见了屈原，硬要拉他进屋去歇一歇，屈原摇了摇手拒绝了。

正在这时，曾经帮助屈原挖桃花洞的那位老渔父，从湘江河边打鱼回来，见屈原骑着马来了，连忙迎了上来："听说秦军快过扬子江了，我们往哪儿逃啊？"屈原望着老渔父满脸担忧的表情，嘴唇动了动，半晌说不出话来。他咬了咬牙，猛然把缰绳一勒，在马屁股上狠狠抽了一鞭，那马受惊腾空而起，

转眼间跑出了渔父的视线。

　　走了不知有多久,那老马慢慢停下了脚步。屈原回想起一路上百姓们的问话,想着自己能力有限无法实现救国保民的理想,心酸得落下泪来。马蹄踏在干枯的路面上,发出单调的声响:"嘚、嘚、嘚、嘚……"

　　屈原骑着马继续前进,太阳躲在云后,天色霎时阴沉沉的了。江面上刮起大风,他身上的袍带和灰白色的胡须,迎风飘动。江水不停地拍打着江岸,激起朵朵浪花。这时屈原骑着马已走了三十里,最后在汨罗江下游罗渊附近的一座小山边下了马。

　　他站在最高的土堆上,注视着翻滚的江水。只见天色昏暗,风势凶猛。他像一尊雕像一样站在黑沉沉的天底下,眼前浮现出秦兵已渡过扬子江,长驱直入,往南方奔来的场景,心头痛苦如火焚烧。举目远望,洞庭湖上,浊浪排空;玉笥山头,乌云滚滚。真是天昏地暗,日月无光,这世界太浑浊了。他心中愤怒至极,左手按着剑柄,右手撩起长袍,转身走下土堆,吃力地一步一步向江边走了下去……

　　令人奇怪的是,屈原走一步,那老马也跟着走一步;屈原停下来,那老马也站着不动。它目不转睛地望着屈原,竖起两只耳朵,好像在问主人:"你怎么往水里走啊?"屈原摸摸它的头,它立即就把头垂下了。就在这一瞬间,屈原毅然拉过缰绳,把马拴住,接着抱起一块石头,一个纵身,向波涛滚滚的

江中跳去……

一声巨响,天崩地裂!

此时,江上的浪涛不停地翻滚,风儿也在哀鸣着。百姓们闻声赶来,只见屈原大夫常骑的那匹白马正耷拉着脑袋,一动不动地站在江边。百姓们奔跑着,向四处哭喊:"屈大夫投江了!屈大夫投江了!"原来停在江边港湾的渔船,箭一般飞快地驶了出来,立即打捞搜救。一条船只靠一两个人划太慢了,百姓们纷纷跳上小船,拿起扁担和木板一起划水。数十条小船像梭子似的在江面上来来往往。方圆十里的百姓都向这边跑来。汨罗江岸人山人海。渔民们一直到天黑还在打捞,围观的群众一直等到伸手不见五指,才纷纷哭着散去。

屈原投江后,每逢端阳节,汨罗河上都要举行规模盛大的赛龙舟活动,以表达对屈原的纪念之情。从农历四月中旬起,龙舟下水练习,"咚咚锵,咚咚锵"龙舟锣鼓不停敲,"划啰啰——加油""划啰啰——加油"的龙舟号子,就在汨罗江上此起彼伏。到了端阳节这天,几十条青、红、黄、白等不同颜色的龙舟汇集在江面上,排成一字形。每条船上三十多个水手,只等那炮声一响,就一齐划水。龙舟就像射出的箭一样向目的地飞去。围观的群众多达十万人。这一风俗一直流传到今天。

重阳登高

　　很久以前，汝南县有位名叫桓景的男子，他的家庭十分和睦，父母健在，夫妻恩爱，儿女孝顺，一家人就靠几亩薄地生活。他们耕作非常勤劳，生活虽然不太富裕，但也过得去。可没想到，不幸很快就来临了。瘟疫在汝河两岸传播开来，许多人都病倒了，有的人甚至被夺去了性命。尸横遍野，惨不忍睹。就在这一年，桓景的父母也都病死了。

　　桓景小时候听过这样一件事：汝河里住着一个瘟魔，每年都要出来到人间走走，它走到哪里就把瘟疫带到哪里。桓景决心拜访名师学本领，战瘟魔，为民除害。他听说东南山中住着一个名叫费长房的大仙，于是就收拾行装，起程进山拜访。

　　桓景进了山，山中峰峦叠嶂，不知仙人住在哪里。但他不怕苦不怕累，翻过一座又一座大山，蹚过一条又一条河流。一天，他正在赶路时，忽然看见面前站着一只雪白的鸽子，那鸽子不住地向桓景点头。桓景不知何意，便也向鸽子致意。那鸽子忽然飞起，飞了两三丈远落下，还是不住地向桓景点头，桓景走近时，那鸽子又飞起。桓景顿时明白鸽子是想为他带路，便随着鸽子又翻了几座山,来到一处地方:苍松翠柏中间,有一座古庙,庙门横匾上写着"费长房仙居"五个金字。那鸽子突然飞上天,在庙院上空欢叫盘旋。桓景来到门前,只见黑漆门紧闭。他非常诚恳地跪在门外,一动也不动。他就这样跪在那儿,一直跪了两天两夜。第三天,大门忽然开了,只见一位白发老人喜眯眯地说:"你为民除害心切,快跟我进院吧。"桓景知道他就是费长房大仙,又向他拜了几拜,就跟着师父进去了。

费长房给了桓景一把降妖青龙剑。桓景早起晚睡,披星戴月,不分昼夜地开始练习。一天,桓景正在练剑时,费长房对他说:"今年九月九,汝河瘟魔又要出来,你赶紧回乡为民除害吧。我给你一包茱萸叶子,一瓶菊花酒,让你家乡父老登高避祸。"仙翁说完,用手一指,古柏上的仙鹤展翅飞来,落在桓景面前。桓景跨上仙鹤就向家乡汝南飞去。

桓景回到家乡后,召集乡亲,把大仙的话告诉了大家。九月九那天,他领着妻子儿女、乡亲父老登上了附近的一座山。给每人分了一片茱萸叶子,说这样随身带上,瘟魔不敢近身。又把菊花酒倒出来,让每人喝了一口,说喝了菊花酒,不会染上瘟疫。他把乡亲们安排好,就带着他的降妖青龙剑回到家里,独自坐在屋内,等着瘟魔来时与之交战。

不一会儿,只听汝河怒吼,怪风旋起。瘟魔出水走上岸来,穿过村庄,走遍千家万户也不见一个人,忽然抬头见人

们都聚集在高高的山上。它窜到山脚，只觉得酒气刺鼻，茱萸异香碎腑，不敢登上山去，就又回身向村里走去。只见一人正在屋中端坐，就吼叫一声向前扑去。桓景一见瘟魔扑来，急忙舞剑迎战。

斗了几个回合后，瘟魔见打不赢桓景，拔腿就跑，桓景嗖的一声把降妖青龙剑抛出，只见宝剑闪着寒光向瘟魔追去，穿心透腹地把瘟魔扎倒在地。

瘟魔死后，汝河两岸的百姓高兴极了，他们再也不用整日担惊受怕了，瘟魔也侵害不到他们了。九月九登高避祸，桓景剑刺瘟魔的事从此被人们代代相传，一直被人们铭记于心。

泼水节

傣历的新年也叫"泼水节",也就是傣历六月,公历四月中旬。一般会庆祝三到五天。过年时,除唱歌跳舞外,还会举行一系列活动,例如"堆沙"祈求丰收,"丢包"男女求爱,"赛龙舟""泼水"祝福等活动。其中以泼水最为流行,因此得名"泼水节"。

泼水节是怎么来的呢?传说是很久很久以前,在傣族同胞居住的地方,有一个凶恶残暴的魔王。他法术高强,水淹不死、火烧不死,还刀剑不入。他独霸一方,四处抢掠,胡作非为,傣族百姓饱受苦难。魔王又是一个好色之徒,抢来十一位美女做妻子。她们都恨死这个残暴无耻、杀人不眨眼的魔王。

一天,魔王又抢来了一个仙女般漂亮的姑娘,她的名字叫侬香。这姑娘勇敢聪慧,恨透了这个魔王,她一心想杀死魔王,为父老乡亲报仇除害。该怎么做呢?硬拼,她身单力薄,不是对手。对,力取不如智夺。于是她表面上装出若无其事的样子。在傣历六月的一天夜里,她趁魔王喝美酒高兴的时候,就假意奉承道:"大王,水火刀剑都伤害不了您,您一定可以

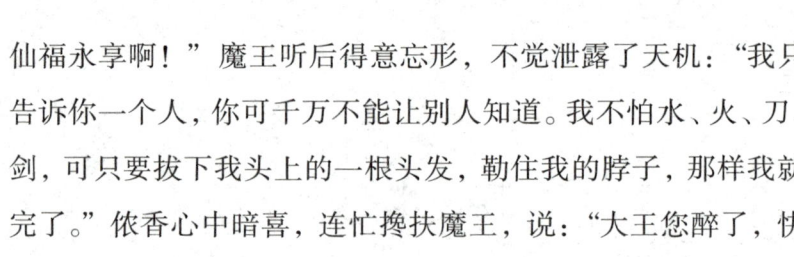

仙福永享啊！"魔王听后得意忘形，不觉泄露了天机："我只告诉你一个人，你可千万不能让别人知道。我不怕水、火、刀、剑，可只要拔下我头上的一根头发，勒住我的脖子，那样我就完了。"侬香心中暗喜，连忙搀扶魔王，说："大王您醉了，快去躺下歇息吧！"

夜深了，侬香趁魔王熟睡之机，轻轻地从他头上拔下一根头发，勒住魔王的脖子，果然，魔王的头咚的一声掉在地上。哪知道魔王竟然是个火魔，头一落地就着火，滚到哪里，哪里就火焰腾腾。十二个姑娘只好轮流将魔头抱在身上，由于魔头滚烫，大家便不停地为他泼水降温，清洗污血，直到魔头最后死去。

傣族人民为了庆祝姑娘们灭魔除害的胜利，便在翌年傣历六月举行泼水节，将清水泼向亲友同胞，表示祝福消灾。年轻人放鞭炮、赛龙船、载歌载舞，持续三五天。后来逐渐发展成为傣族人民辞旧迎新的隆重节日。

火 把 节

民间故事

　　纳西人有一种古老的传统节日——"火把节"，按规定自农历六月二十四日起，一连三天的晚上都要点起火把。每家门前要点一个柱子般又粗又高的大火把，寨子里的青少年们举着又粗又长的小火把，沿着田埂、山路边走边舞，欢庆一整个晚上。火把燃得愈旺愈久表示愈吉利，人们愈高兴。

　　这个盛大的节日是怎么来的呢？

　　相传很久以前，天上的玉皇大帝怕地上的秽气冲上云霄，下令关闭天门。可是不久，十八层天游腻了，仙景异物也看烦了，玉皇大帝心里十分苦闷。一天，他实在忍不住，下旨打开天门，想看看人间景象究竟怎样，借以解除烦闷。天门一开，春风舒畅，只见人间青山重重，绿水蜿蜒，百花争芳，百鸟争鸣。明珠般的村庄坐落在辽阔的田野，人们辛勤耕种，笑声不断，山歌悠扬……玉皇大帝看得心迷神醉，烦闷顿时抛到天外去了。

　　玉皇大帝观赏完整个人间，又转身望望自己的天宫，顿时气得肝火上升，对着护卫在一侧的神将们发泄怒气："怎么？

我的天宫本来是最美满、最幸福的,如今竟比不上凡间了,这还了得……"他边说边怒气冲冲地颁下圣旨,命掌火的红面天神把人间统统烧光。

掌火天神领了玉皇大帝的圣旨,火速离开天门,乘风驾云来到人间。他没有马上放火,而是先巡视了一番。从南到北,从东到西,看了又看,果然人间比天宫美好:一山一水都是那样雄奇秀丽,一草一木都是那样欣欣向荣,一村一户都是那样和睦幸福,锦绣田园里人们在辛勤劳动,酒茶菜饭是人们用汗水换来的……

这同天宫里的数百年如一日的日子截然不同。掌火天神爱上了人间,他不忍心烧毁这美好的世界,不忍心摧残这勤劳淳朴的百姓。虽然他明知道,如果违逆玉皇大帝旨意,定有杀身之祸,但

他要避恶行善，宁可牺牲自己，也不会真正执行玉帝的旨意。主意一定，他便返回天宫，向玉皇大帝撒了一个谎，说已遵旨把人间烧干净了。玉皇大帝听了，高兴得笑了起来："哈哈，还是我的天宫胜过人间！"

隔了好久，玉皇大帝又变得胸烦心闷了，想看看被火烧成废墟的人间惨相。他率领众臣在仙姬们的簇拥下来到天门前，可是不看则已，一看简直火冒三丈。原来他看到的人间不但没有烧毁，反而更加繁荣昌盛，更加幸福美满。他知道掌火天神欺骗了他，一怒之下，叫左右神将把掌火天神绑到面前，呵斥道："你好大胆，竟敢违抗我的旨令！"说着，就吩咐神将把掌火天神推出去处死。

六月二十四日傍晚，辛苦劳作的人们刚刚从田间收工，路上遇到一位从庙里跑出来的小娃娃，他拦住众人哭着说："没有人性的玉皇大帝，嫉恨人间繁华，今晚会派天神下来放火，他要亲眼看到人们被大火焚烧殆尽。我想到一个好的解决办法，你们赶快在门前点起大火把，手里舞起小火把，一连点三个晚上，火点得愈旺愈好。这样可以用假火来瞒过玉皇大帝，他和天神们看到人间已经在烧了，就不会再派人下来放火了。"

人们按照小娃娃的话，连着三天点上了火把，骗过了玉皇大帝。人们继续过着幸福的生活，后来，这个习俗一直流传至今。

腊 八 粥

　　腊月初八是传统的"腊八节",每年这一天全城的百姓会拿出珍藏的八种食品,煮成香甜的腊八粥,全家人欢聚一堂,幸福地围坐在一起品尝。但是,这个传统是怎么来的呢?

　　原来,古时候,有一户人家,家里只有三口人,老人、老婆婆和儿子。

　　老人和老婆婆都很勤快,每天总是天不亮就起床干活,天黑了才回家休息。这样过了好多年,家里渐渐地鸡鸭满圈,牛羊成群,粮食多得流出了米仓。儿子小时候是个很贪玩的孩子,不爱读书学习,在私塾里学习期间就经常逃学,后来索性就不去读书了。

　　儿子长大后,老人让他去田间种地,他嫌种地太累太脏;老婆婆让他去做生意,他嫌做生意太麻烦,干不了。

　　一天,老人累病了,劝儿子干点什么养活自己。儿子说:"家里那么多牛羊,怎么会饿着我呢?"老头看儿子把自己的话当耳边风,一气之下病情加重,不久就死去了。老婆婆看丈夫死了,不久也病倒了,想到死去的老头,看看不争气的儿子，心情郁结，没多长时间也死了。

　　父母辞世，儿子不但不伤心，反而很高兴，心想以后再也没人唠叨他了。他今天宰只羊，明天杀只鸡，吃饱了睡，睡够了吃，比父母在世的时候还要懒惰。没过多久，家里就揭不开锅了，断粮的第三天，他打扫了一下粮仓，找出了一捧粮食，放在锅里熬成了一锅粥。粥的味道不错，他吃饱后又去睡大觉了。过了不久，他再也没什么可吃的了，活活被饿死。

　　儿子熬粥那天是腊月初八，人们吸取"人太懒惰，会活活被饿死"的教训，自此以后，每年的同一天都会用五谷杂粮熬一锅粥品尝，警惕自身，后人沿袭这一做法，为粥取名"腊八粥"。

叫 花 鸡

  古时候，有个性格怪异的叫花子，为自己订了"二不讨"：一不讨金银财宝，二不讨衣衫鞋袜。那叫花子靠什么为生呢？原来他只偷有钱人家的鸡吃。

  说起偷鸡，他有自己独特的窍门。他把烧清油灯用的灯草剪成米粒大小，含在口中，往鸡群一吐，鸡一见这些白白的灯草粒，还以为是白米呢！便笃笃笃地争抢着吃起来。当鸡吃得正高兴时，他便轻轻地出现在鸡的身后，扑上去捉住鸡的翅膀，把鸡抱住。鸡吃了灯草粒，喉咙被噎住了，要叫也叫不响，他便神不知鬼不觉地把鸡偷走了。

  李庄有个财主，他横行霸道，百姓对此人深恶痛绝，叫花子很喜欢偷李庄财主家的鸡吃。

  这天他又摸到李庄，准备到财主家偷鸡。他在财主家房前屋后转了个圈，没看见一只鸡。他又转到后院围墙边，忽听得里面一阵鸡叫声，便轻轻爬上墙头，看见园内有几十只肥鸡，心想：狗财主好生刁滑，原来把鸡关在后院，害我找得好苦。

  他取出灯草粒，含在口中，啪的一声吐向鸡群，就见那一只只肥鸡一个劲地扑向灯草粒，低着个头，翘着尾巴，笃笃笃地吃起来。正当鸡吃得痛快时，他拿出一根打着活结的绳子，向一只肥胖的老母鸡颈上套去，不偏不倚，正套在那只老母鸡的头颈上，他把绳轻轻一拉，活套在鸡头颈上捆牢了。他刚想收绳拉鸡，突然听得背后呼的一声，一根棍棒劈头盖脸地打下来，他两腿一软，从围墙上跌倒在地。原来，狗财主早有提防，设好陷阱要他跳。

财主的家丁边拉边推，把叫花子拖进大院，又是一阵乱棍，打得他皮破血流。狗财主站在一旁，破口大骂："你这个恶贼，竟敢偷了我十几只鸡，今天要叫你连毛带骨吐出来。"

财主骂痛快了，便叫家丁把他关进牛屋里，准备明日送官。

深夜，偷鸡的叫花子被关在牛屋里十分伤心，心想明日送官不知会吃什么苦头。忽听咿呀一声，牛屋门被人打开，原来是财主家的长工。

长工一进牛屋，便轻声说："我见你白天被财主的家丁打得伤势严重，刚才又听说明日要送你去见官，我想偷偷地放了你，你快点逃吧。"偷鸡的叫花子借着月光看清了长工的面容，说了句："多谢大哥救命之恩。"扭头便走。

时间一晃已是几月。长工因放了偷鸡的叫花子被财主赶出家门。

这天，他想外出找工作，当他走到一片荒山坡时，突然，从小树丛中跑出一个人，口喊恩人，拉着长工便走。长工仔细

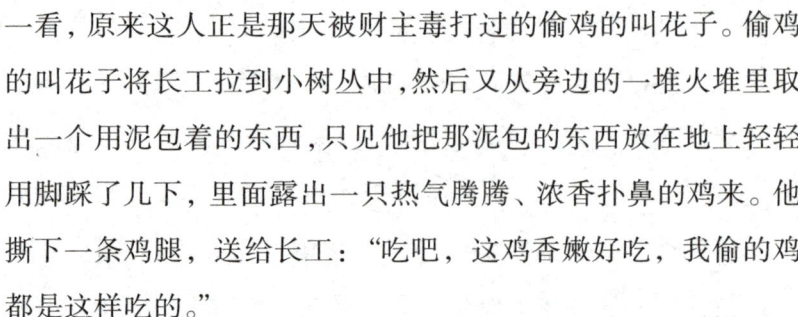

一看,原来这人正是那天被财主毒打过的偷鸡的叫花子。偷鸡的叫花子将长工拉到小树丛中,然后又从旁边的一堆火堆里取出一个用泥包着的东西,只见他把那泥包的东西放在地上轻轻用脚踩了几下,里面露出一只热气腾腾、浓香扑鼻的鸡来。他撕下一条鸡腿,送给长工:"吃吧,这鸡香嫩好吃,我偷的鸡都是这样吃的。"

长工也不客气,两人便坐在小树丛里吃起来,边吃边谈,倒十分投缘。

偷鸡的叫花子问长工为什么流落他乡,长工便把前因后果讲给他听。偷鸡的叫花子得知长工为了救自己而被财主赶走,失去了工作,心里也很难过。

长工吃着香喷喷的鸡肉,觉得倒别有风味,他想如果能开个小店,做这种鸡卖,说不定吃客不少哩!他把自己的想法告诉了偷鸡的叫花子,又规劝说:"老是偷鸡过日子不行啊!"偷鸡的叫花子听着,也觉得很有道理。两人就在小树丛里商量起了开店的事。

不几日两人借了十余两银子,开起了一间小酒店,酒菜便是泥包鸡,吃客的确不少,生意越做越大,不过百姓都知道偷鸡叫花子的身世,没有一个叫泥包鸡的,都称它为"叫花鸡"。

偷鸡的叫花子和长工不介意百姓称他们的独门鸡为"叫花鸡",觉得这个称呼十分亲切,还能吸引顾客,就起名为"叫花鸡"。由于品质优良,叫花鸡越来越出名,名号也越来越响。

杏　婵

在西湖边上，从前有一个杏花村，杏花村里有一个聪明能干的姑娘名叫杏婵。

杏婵七八岁的时候，一个初夏的晌午，她在村前杏树林里的草地上放牛。

这时，树上的杏子已经成熟了，一颗红红的杏子落下来，刚好落在杏婵脚前。

她拾起杏子，正想送进嘴里去吃，却听到一个清脆的声音在说话："小姑娘，小姑娘，别咬，放了我。"

杏婵看看四周，静悄悄的一个人也没有，是谁在和她说话呢，她心里惊疑，手一松，杏子就掉了下来。

说也奇怪，那杏子竟变成了一个美丽的少女，原来是杏仙出来啦！

杏仙从头上拔下一支光彩夺目的金钗，交到杏婵的手里，笑眯眯地对她说："勤劳好心的小姑娘，送给你这支金钗吧。等你碰到急难的时候，只要敲敲金钗，叫三声杏仙，我就会来帮助你的。"

说完,杏仙就又变成一个红红的杏子飞到树上去了。

杏婵长大后,嫁给宋老爹的第九个儿子做媳妇。

她嫁到宋家,小两口过得很和睦,公婆也喜欢她。

可是家里人多心不齐。你要往东,他要往西;你要吃甜,他要吃咸。公公是老实人,管不了九个儿子;婆婆好说话,也做不了媳妇们的主。杏婵见公公平时考虑的事情多,自己便常提个一言半语,她的主意总是又对又好。若是婆婆忘了什么,她也想得起来。因此,公婆有事都爱和她商量。

这一来,却惹得那八个媳妇不高兴,以为公婆偏疼小婶子,她们就暗地里嘀咕起来。

一天,轮到杏婵做饭了。她刚煮好一镬饭、一镬老豆腐,大嫂子就在厨房门口向她招手,要她去剪个鞋样。她刚一出去,二嫂子轻手轻脚走进厨房,往灶洞里加了几块大木柴,又往豆腐里撒了几把盐。等到杏婵回厨房的时候,只闻得一阵扑鼻的焦味,揭开饭镬盖看看,一镬好饭都烧焦了。再掀起菜镬盖,尝尝豆腐的味道咸得发苦。她一思量,心中都明白了,却一声不吭地往饭镬里加几勺水,煮成一镬焦粥;又往豆腐镬里加了些水,调些菱粉,煮成了一镬豆腐羹。开饭的时候到了,下田的人都回来了,孩子们也忙着搬桌子板凳。八个嫂嫂站在一边,挤眉弄眼地等着吃焦煳饭、咸豆腐,看笑话儿。

这时,杏婵笑吟吟地端出了饭菜来,对大家说:"天气热,我给大家煮了镬焦粥,好解解渴。这老豆腐大家也吃腻了,我

变个法子,煮成豆腐羹让大家换换口味。"

一家人吃得很高兴,一边吃,一边夸那豆腐羹味道好,说那馍焦粥又香又解渴,把两馕子饭菜吃得精光。

经过这一回,嫂嫂们也真心佩服杏婵了,又看她敬重公婆,体贴丈夫,待人和气,就公推她来当这个家,让年老的公婆把担子松一松。

杏婵当家以后,从来也不拿大,有事总是和大家商量,把一切田里事、家务事都安排得妥妥当当的。那九个弟兄专做地里的生活,家里事一点也不要他们操心。家里头妯娌九个,纺纱织布,缝衣做鞋,每天把饭食安排得好好的。婆婆专管那些幼小的孩子,公公专管上街赶集。大一些的孩子放牛、割草、砍柴、拾粪,也都有事做。这样,一家人吃不愁、穿不愁,生活慢慢地好起来,房屋也翻了新。

杏婵管家管得很公平,吃的穿的,从不厚此薄彼,总是人人都有份。全家老小,老人爱小辈,小辈敬老人;弟兄间、妯娌间也都和和气气,连孩子们也都变乖了。

杏婵又乐意帮助别人,邻居们缺少柴米、用具的时候,她总是不等人家开口就借给他们。所以,周围村庄里的人们,都敬佩杏婵。人们教训起女儿、媳妇来,总是说:"你看看人家杏婵!"你也夸杏婵,我也夸杏婵,传来传去,皇宫里的皇帝也知道了。

皇帝不信真会有这么能干的媳妇,就派一个钦差大臣,送一粒杏仁去给宋老爹一家人吃,看看杏婵拿它怎么办。宋老爹一家人听了圣旨都惊呆了。

只有杏婵不慌不忙地从钦差大臣手中接过杏仁,说道:"钦差大人,辛苦了。请在堂屋里坐坐,看我们一家吃了这杏仁再走吧。"杏婵搬来砖头,当场在堂屋里架起一个灶,灶上安一口大镬,烧了满满的一镬滚水。她把杏仁放在镬里煮烂了,又往镬里加了一些红糖,就一勺一勺盛起来。哈!不多不少,正好均均匀匀地每人一碗,全家大小都吃到了杏仁茶!

钦差大臣回报了皇帝,还说:"这杏婵不但聪明能干,而且是个天仙般的美人哩!"

皇帝听说有这么一个美人,就不管三七二十一,叫钦差大臣带上三千御林军去把杏婵抢进宫来。

这一大群人马,浩浩荡荡地来到西湖边,把宋老爹的屋子团团围住。钦差大臣进屋去宣读圣旨,宋老爹一家人都哭叫起来了,妇女孩子们牵着杏婵的袖子、裙子啼哭,男人们七嘴八舌地和钦差大臣说理争吵,乱糟糟地闹成一团。

杏婵双手拦住了家里人,向钦差大臣说:"请你们在门外稍等一会儿,让我收拾收拾,换身衣裳就随你动身。"杏婵走进房里,从头上拔下金钗,在桌沿上敲敲,叫了三声"杏仙"。杏仙就站在她面前了。

她就向杏仙说:"杏仙啊,现在我到了危急的时刻,请你帮助我吧!"杏仙说:"好,让我把你的家搬到西湖的底下去,

永远过平安的日子吧！"杏婵点点头。

杏仙把袖子轻轻一拂就呼呼地刮起狂风来，把宋老爹全家连带着房屋、牛羊、农具统统都吹进西湖里去了。

狂风把钦差大臣和三千御林军吹得七零八落。

等到风平浪静，他们赶到湖边去看时，还望见一根烟囱露在湖面上呢！

一会儿，烟囱也不见了，宋老爹一家就这样安安稳稳地沉到西湖底下去了。

自从杏婵他们搬到湖底后，邻居常常惦记着他们。

有一个邻居想试试看，他们是不是还在湖底下活着，就在湖边喊了一声杏婵，向她借一张耕田的犁。

过了一会儿，真的有一张犁浮上水面来啦。

以后，村里人缺少什么物件工具，就用这方法向湖底去借。

若是外地来的陌生人游西湖走乏了想歇歇，也只要向杏婵讲一声，马上就会有桌椅板凳浮上来给你坐。

这样过了许多年。

有一次，不知是哪个贪心的人借了杏婵家四条板凳，竟搬回自己家去了。大概是杏婵生了气，从此以后，人们再也不能从湖里借到东西了。

狐狸报恩

　　古时候有一个穷苦的青年农民，地无一垅、房无一间，只靠种植几百株石榴为生，人称"石榴王"。

　　当地有个贾财主，心黑手狠，十分霸道，他还有一个老奸巨猾的管家。两人狼狈为奸，通过种种卑劣的手段霸占了方圆数百里的大好农田、牧场和树林，最后连石榴王赖以生存的石榴树也不放过，据为己有。老百姓怨声载道，却毫无办法。石榴王守着仅有的一棵石榴树度日。

　　这年，天大旱，庄稼绝收。石榴王天天从遥远的山泉边挑回清水，浇灌这株石榴树。到秋后，石榴果然长势喜人，红彤彤的，像一团团火。

　　一天晚上，趁着朦胧月色，有一个黑影爬到石榴树上偷摘石榴，守在一旁的石榴王悄悄溜了过去，一把抓住了贼偷。奇怪的是：明明看见那贼是一条像狐狸一样的动物，一伸手竟变成了一个青年人。这人扑通一声跪在石榴王脚下，哀求说："大哥，饶了我吧，我也是饿得没办法才走这条路的呀。"

　　透过月色，石榴王看清了这位衣衫破旧、饿得头晕眼花的小伙子，顿起同情之心，叹口气道："好吧。这事不怪你，只怪老天爷太绝情呀。"然后从树上摘下一抱石榴，交给青年人。这人磕头谢恩，含泪而去。为此，石榴王咬紧牙关、勒紧裤带才度过这百年不遇的饥荒。

却说第二年，有一位长相和石榴王相仿的年轻人，找到了石榴王的破草房，见了石榴王就磕头，道："大哥，还记得我吗？"

石榴王注视他半天，终于想起了他是去年偷石榴的那个人，于是非常高兴。二人便以兄弟相称，住在了一起。

"大哥，我姓胡名里，多亏你去年救了我一命。我想问你，你为什么不找个媳妇呀？"

石榴王苦笑道："你看我穷得连房子都没有，还常常受贾财主的气，哪有能力娶媳妇呀。"

胡里点点头道："大哥，你放心，我一定要帮你组建一个称心如意的家庭。"

原来，这个叫胡里的人是一个狐狸精。去年天旱时，他为了寻找食物才不得不出门偷窃，又由于饥饿劳神，法力受阻，才被石榴王擒住。为了报答石榴王的搭救之恩，他决定助一臂之力，使石榴王富贵起来。不久，胡里装扮成一个衣冠楚楚的少年阔人，大摇大摆地走进了王爷府内，要见王爷的大管家。大管家见来人派头不小，便躬身作揖问道："先生有何见教？"

"哈哈，管家大人，打扰打扰！是这么回事，敝人姓胡名里，因近日家兄要清理金仓银库，挑出大个的自己封存，筛出

小个的散分给穷人,特派敝人前来,烦大人借出大筛若干,以备急用。"

"好说好说。"大管家见是有钱人家,慨然应允。

大约半个月后,胡里又来归还大筛。只见筛眼上塞满了金粒,大管家不解地问:"胡兄,这些碎金怎么不收拾干净呀?"

"嗨,这点碎金算什么?收拾起来太麻烦,权当家兄送给大人赏赐下人吧。"

大管家见他果然是一位挥金如土的富家子,便来了兴致,拉着胡里的手闲聊起来。

"请问令兄尊姓大名?年岁几何?可有家室?"大管家问。

"家兄人称石榴王,年近三十。因为发誓要娶一个大富大贵人家的女子为妻,故尚未成婚。"

大管家一听,把大腿一拍,兴奋地叫道:"哎呀!太巧了。当今王爷正好有一位郡主,年亦三十,待字闺中。郡主的意思是只要人好就中,可王爷讲究门当户对,至少是有钱人家,以致耽搁至今。胡兄,我二人何不替他们搭桥作伐、成其双美,你意下如何?"

胡里也把大腿一拍,笑道:"既如此,也是家兄的造化,正合我意。大人,以我之见,明天即是上上吉日,不如你速报王爷,明日就完婚,岂不更妙?家兄那边有我做主,绝无问题。"

大管家急忙启奏王爷,王爷满心欢喜,令大管家速速操办。还赐手谕一幅:郡主出宫,嫁石榴王,百姓回避,不得阻挡。

次日一早，只听锣鼓喧天，管乐齐奏，王爷府上下张灯结彩。一乘七彩鸾车徐徐晃出王爷府门，前面有兵将开道，后边有宫女、伴娘、随从，还有装满各式嫁妆的马车若干，最后头，两匹大马载着大管家和胡里，一行人马浩浩荡荡离开了王府。

走了一个时辰，胡里忽然对大管家说道："大人，请将手谕给我，你陪着新人稍候，待我速去禀过家兄，做好充足准备，列队迎亲，如何？"

"如此甚妙。"得到同意后，胡里快马加鞭，火速赶到富比王侯的贾财主家里。他现出原形，在贾府上下东跑西蹿，惹得人声鼎沸，一齐赶来要打狐狸。等贾财主和管家也闻讯赶来之后，胡里又恢复人样，大声呵斥道："呔，你们死到临头了还有心打闹。"

贾财主大吃一惊，连忙问："你到底是人是神？"

胡里冷笑道："我是特来给你们送信的。当今王爷要下嫁郡主，途经此地。你等如不回避，定杀不饶！"说着便抖出王爷的手谕。众人一见，全惊呆了。

管家恭敬地对胡里说："看得出您是位神人，敬请指明生路。"胡里说："只要你们速速藏进枯井内，便安然无事。"贾财主和管家果然钻进枯井内，胡里急忙盖上石盖。

这时，一群奴仆跪倒在地，齐声哭道："神仙，我们怎么办？"

胡里道："只要你们承认石榴王是你们的新主人，就无妨。"然后命令他们速去张贴喜联、整理新房；还把大门外"贾府"

233

二字用绸布蒙上，上书"石榴王府"。

安顿好之后，胡里又飞速赶到石榴王的小草屋，给石榴王换上新郎衣装，如此这般地交代一番，要他务必听从自己的安排，然后一齐赶到贾府。

刚好送亲车队抵达。大管家见"石榴王府"果真豪华气派，心中满意。于是一场热热闹闹的结婚典礼便隆重举行，新房就是贾财主的豪华内宅。新郎见新娘貌若天仙，十分欢喜；新娘见新郎诚实厚道，也有几分悦色。

第二天，大管家带人回王府复旨。胡里跪在石榴王脚下，哭道："大哥，你今日大富大贵，还娶上了郡主，已了却我的心愿。这里不是我的久留之地，兄弟我要回到自己的领地去了。"于是含泪与兄作别。

新娘不解地问新郎："难道你们不是亲兄弟？"石榴王便把事情的前因后果如实告诉给新娘。新娘沉思了一会，道："胡里知恩图报，虽是骗亲，倒也情有可原；贾财主为害乡里，死有余辜；但你占有了贾财主的所有财产，有什么打算？"

"我正要禀报娘子。贾财主虽富，全是侵吞和盘剥他人所有。我也是贫苦人家，不能再为害他人。我想把贾财主侵占的财产物归原主，将奴仆遣散，我只要我的石榴树。日后不图大富大贵，但图夫妻恩爱。"

新娘知书明理，听了这番话，十分满意。从此，石榴王精心侍弄石榴，夫妻和美，当地老百姓也安居乐业。